JN162427

電力王桃介と女優貞奴

二人の天馬

安保邦彦

花伝社

二人の天馬——電力王桃介と女優貞奴◆目次

第一章

出会いと別れ

福澤桃介（関西電力提供）

野犬退治が縁で

小山貞は、明治四年七月十八日、東京の港区芝大門で十二番目の末娘として生まれた。父は、小山久次郎、母は小熊タカで父親は母方が営む大店両替屋である越前屋の入り婿という。貞の生まれた年に明治の新政府は、貨幣制度の改革を行なったため越前屋も大きな打撃を受けて両替商から書籍、茶、質屋などに商売替えしたが、家計は苦しく斜陽族の一家であった。

貞が七歳の時に東京市日本橋住吉町の芸者置屋、浜田屋家主、浜田可免（かめ）の養女になっている。養女になったいきさつは不明だが、七歳で父が死亡しており家庭の事情から浜田家に引き取られたものとみられる。ちなみに貞の兄の小山倉吉が彫金家の加納夏雄に弟子入りしておりこれが縁で息女、冬と結婚した。貞は、一時期、加納家に預けられたことがある。その折、兄に連れられて浜田家を訪問する機会が二、三回あった。加納家にとって浜田屋はお得意さんだったことが伺われる。

住んでいた住吉町は、葭（よし）が群生していた葭町に隣接しており、このあたりの芸者を葭町芸者と言っていた。花代は、東京市内の柳橋、新橋芸者が一等で一円に対して葭町、日本橋、新富町あたりは二等で八十銭くらいが相場だった。養母の可免は、貞を近所の公立小学校は通わせずに私塾で長唄、清元、常磐津、踊り、華道など芸事のほか作法などを習わせた。

大正二年三月十日に載った九州新聞の〝貞奴の身の上話〟を要約すれば、

「近所の屋敷跡で木に登るやら鬼ごっこをするなど男の子と対等に跳ね回っていました。子供の時分は手におえぬ程のお転婆で、毎日毎日今の明治座、当時は土州様のお屋敷跡に行っては、木に上るやら鬼ごっこをするやら、男の子を相手に跳ね回って遊び暮らしていました。十二歳で雛妓（おしゃく）に出されましたが、ふざけまわっていたので芸事には身が入らない方でした。十四歳で馬乗りのけいこ、十七歳で水泳の真似をするのみならず玉つきはする柔道など荒いこともするので女西郷のあだ名を頂いたくらいです」

と語っている。

こうした行状から貞は、立派な体躯を思わせるが、身長は四尺九寸、一メートル四十八センチ、小柄なほうだった。明治十六年の冬、貞が十二歳で「小奴」の名で雛妓になったばかりの時に可免が重病になった。医師に見せても薬を飲んでも効き目がなく、養母は、日ごろ信仰する不動尊に祈るばかりの毎日が続いた。貞もお座敷や稽古事から帰ったあと、深夜になっても水垢離（こり）を取り必死になって全快を祈った。井戸からくみ上げる水を肩から浴びると凍り付くような寒さに体が縮かんだ。

「浜田屋の小奴は、感心だよ。おっかあさんのために深夜も水垢離（こり）を取ってさ」

近所でも貞の振舞に感心する声が寄せられた。お陰で可免の病は全快し、その後成田山新勝寺へのお礼参りに貞とともに出かけ月詣でも欠かさなかった。ちなみに歌舞伎人気俳優の市川宗家が成田不動尊を深く信仰し、「成田屋」の屋号を付けたことはよく知られている。小奴の由来について言えば、かって葭町に東京中で第一人者の芸者である「奴」の名妓がいた。可免の朋輩でもあった。これにあやかり貞が、まだ半玉だったから「小奴」になった。

貞がまだ十四歳、小奴と呼ばれていた少女時代に、本所緑町にあった草刈庄五郎の道場で武芸に基づく馬術を習っていた頃の話である。

初秋のある日、道場のある本所緑町から成田山新勝寺まで五十キロの遠乗りを試みた。その帰り船橋を過ぎたあたりの隅田川の土手道で数匹の野犬に襲われた。馬は驚いて前足を高く上げていななくばかり。そこへたまたま散歩中の桃介が行きあわせた。幼い女子が振り落とされまいと必死にかけ抜こうとするが、馬は大きく目を開けたまま動けない。

桃介はとっさに石を拾い投げながら目の前にあった棒切れで犬に切りつけた。これで野犬はちりぢりになり救われた。

「慶應義塾の学生で岩崎桃介といいます。塾舎に住んでいます」

「ありがとうございました。どうなることかと思いましたわ。私は葭町の、芸者見習いの小奴です」

少女は、馬から降りて深々と頭を下げた。先ほどまでは蒼白だった顔面がほんの少し赤味を帯びてきた。袴姿から匂いたつ香りに、改めて少女を意識した。

「それじゃー、後ほどお礼に参ります」

それだけいうと再び馬上の人となってあっという間に桃介の視野から消えた。甘酢っぱく、それでいてもう少しいてほしかった心残りがないまぜになった気持ちでその姿を見送った。後の電力王と呼ばれた福澤桃介と女優第一号、川上貞奴の初めての出会いであった。

野犬に襲われた次の日、養母の可免と貞は菓子折りを持って塾舎に桃介を訪ねた。

「この子はね、不動明王の信仰が厚くて昨日はね、千葉の成田山まで遠乗りに出かけましたのよ」

そう言って改めてお礼を述べると店に遊びに来るようにと愛想をふりまいた。

それから数日たったある日の夕刻に、桃介は可免の店へ現れた。葭町は大きな色町ではないが、柳橋や新橋に次ぐ格の高さで知られていた。この時刻はいわゆる「支度中」で開店前の準備で大忙しである。各店の軒先では掛け行灯（あんどん）から屋号が浮かび上がる頃合いだった。可免は桃介を見てびっくりするやら嬉しがったりして大急ぎで酒や料理でもてなす準備をした。早速、貞も呼ばれた。着物姿で首筋まで真っ白に化粧し赤い小さな唇、日本髪にかんざしと先日とは一変した芸妓だった。可免が奥へ向かい座敷を空けた時に、貞は嬉しそうに話しかけた。それから二人は貞の稽古事や桃介の学業の話などを語り合った。

桃介は六人兄弟で妹もいると話した。ほどなく戻った可免は、

「伊藤様の座敷の時間だよ」

と告げた。箱屋、客席へ芸者の三味線を運ぶ人の呼び声で可免が貞をせかせた。

「私、今夜は行きたくないの」

貞が駄々をこねたが、

「伊藤様だよ、貞、ご無礼は許されないよ」

「そうだ。僕はこれで失礼します。ちょっと顔が見たかっただけなのに長居して」

桃介も加勢し、貞は不満そうな顔つきでようやく伊藤博文の待つ座敷へ向かった。

〝とらない〟

ここに一通の毛筆で書かれた証文がある。〝とらない〟とある。四人の間で、ある人以外は貞を取らないという約束事を決めた証拠物件である。明治十六年七月二十日の午後、葭町のある茶屋に集まったのは藤田伝三郎、井上馨、内海忠勝、伊藤博文の面々である。

「じゃーここへ署名しようじゃないか、伊藤さんの為にな」

藤田がそう言って署名し井上に回した。内海、伊藤の次に証人として茶屋の女主人の長谷川おすずが筆を取った。こうして貞の処女を得る権利者として伊藤を決めた儀式は終わった。

水揚げとは、芸者が初めて肉体関係を結んだ相手のひいきで一本たちすることである。芸者置屋では、この水揚げが最大の収入になる。長年、芸事や作法、教養などを手塩にかけて身につけさせた見返りを旦那に請求できる。その金額は小さな家の一軒分はくだらない。

集まった四人は、芸者遊びの常連。藤田は、藤田組の創立者で大阪財界の大立者。井上は、第一次伊藤内閣の外相を務め不平等条約の改正に取り組んだ。内海は、第十一代桂太郎内閣の内務大臣を務めた男である。

伊藤博文は、それから三年後の明治十九年の夏に神奈川県横須賀の夏島にある別荘で貞を女にした。やがてうわさが広まり、貞は後ろに今をときめく権力者の伊藤がついており怖いものなしである。翌二十年に「小奴」から「奴」に昇進、晴れて一人前の芸者になった。

この年の夏、伊藤博文は、夏島の別荘へ貞を伴った。井上馨、伊藤巳代治、金子堅太郎らと大日本帝国憲法夏島草案を練り上げるためだった。夏島は、元々東京湾に浮かぶ島で、機密保持のため当時孤島だったこの島が起草地に選ばれた。その後大正時代に埋め立てられ島でなくなった。現在も〝明治憲法起草の地〟の碑がある。

「おーい、奴さん、泳ぎを教えるよ」

伊藤博文らが、貞を近くの富岡海岸に誘った。

「ほら、こうして手でかき足を蹴るんだよ」

伊藤博文と井上が貞の手を取り泳ぎ方を教えた。この時代、女性が水着を着て泳ぐこと自体が新聞記事になるほど珍しい出来事だった。

伊藤は初代の内閣総理大臣として十六年の十二月二十二日に第一次伊藤内閣を立ち上げた。その後、四度にわたり組閣し日清戦争をしている。金子は、川上音二郎と同じ福岡県の出身で伊藤の腹心。伊藤内閣で農商務大臣、法務大臣を務めた。法律家だが、演劇の改良運動に理解を持っていた。

井上は、英国人の建築家ジョサイア・コンドルに設計を依頼し、明治十六年十一月、東京府麴町区山下町に鹿鳴館を完成させた。二十年までの四年間を鹿鳴館時代と呼ぶ。

レンガづくり二階建てのこの館は、不平等条約改正のため文明開化を米欧に知らせようと作られ、二階で舞踏会が度々催された。しかし日本では、貴婦人は家庭を守ることが第一義で政府高官、財界首脳の婦人や令嬢が社交界に顔を出すことはあまりない。このためダンスの相手に芸者が良く呼ばれた。伊藤伯爵も井上伯爵も夫人は芸者出身でそういう場には慣れていた。なんでもこなす貞は、鹿鳴館で水を得た魚のように生き生きと踊っていた。

大日本帝国憲法、つまり明治憲法は明治二十二年二月十一日に発布され翌年の十一月二十九日より昭和二十年の終戦まで施行された。議会の枠を超えて天皇が宣戦、戒厳令、講和、勅令制定などの大権を持つなど天皇制を法制的に確立した憲法だった。

福澤家が見初める

貞が伊藤のものになった明治十九年の秋、慶應義塾の運動場で体育競技会が開かれた。その体育競技会で、桃介はライオンを描いた白いシャツを着て走った。夏井潔という水彩画のうまい学生に頼んでできあがったものだ。色白ですらりと背が高く太い眉と大きな目の学生が、奇抜なライオンを背に走る姿は人目を引いた。福澤諭吉夫妻がこのシャツを着た桃介を見染めた。

「ねーあなた、あのライオンの学生はなんていう名前なの」

「岩崎桃介だ、頭はいい奴だが、色々と問題も起こす男だ」

「でも真面目なんでしょ」

特に夫人のお錦が娘の房より一目ぼれをした。諭吉は、桃介が慶應の学生であるから彼の言動や学力、性格はよく知っていた。

さて体育競技会から二か月たった十二月のはじめ、貞は桃介を塾舎に訪ねた。びっくりした顔の桃介は、

「なんだ、貞さんか」

嬉しそうな口ぶりで、門番に手を振りながら外に出た。

やがて人通りの多い路地にかかると、さっさと貞は茶屋に入った。

「今日はあたしにお金を出させて」

手慣れた調子で言い菓子と茶を注文した。

「名前は小山貞っていうの。家は日本橋で両替商をやっていたけど七歳の時にお父さんが死んじゃったの。十二人兄妹の末子で貧しかったわ。だから七歳の時に葭町芸者置屋の浜田可免さん、今の養母のところの養女になったわけ。花代ってわかる。お客さんが払う遊び代、だから私たちのお給金よ。雛妓(おしゃく)は半人前だから花代も半分。だから私たちは半玉ともいうの」

臆することなく、貞は一気に生い立ちを語りかけた。

「偶然だなぁー。俺の母親の名前もサダって言うんだ。生まれは埼玉の川越から少し奥の比企郡吉見村。七歳の時に川越に引っ越してきたが、貧農の次男坊だよ。兄妹はこの前話した通り六人だけど」

桃介の母は、負けず嫌いでどこへでも出るのが好きだった。才気渙発、優れた頭の持ち主で子供もその血を引いていた。桃介は、どちらかといえば臆病だったが、なんでもやってやろうという好奇心は旺盛だった。これも母の影響だろう。

「本当は詩人になりたかったけど、家が貧乏だからお金を儲けなくちゃな。小学校の時に下駄が買えなくてさ。裸足で学校へ行き井戸で足を洗って教室に入る。帰りはまた裸足。足を洗って家に上がる毎日さ。みんなにからかわれて恥ずかしかったよ」

「そうなの。もっとお金持ちのぼっちゃんかと思ってたわ」

「だから大きくなったら金を儲けて、今の貧乏を忘れたいといつも思ってたんだ」

岩崎家は三百年続いた名主格の裕福な農家だったが、幕末の経済的な混乱で財産を失ったようだ。たまたま一軒隣りの榎本という人が新知識人だった。桃介が頭のいい子だと知って、慶應への進学を強く勧めた。父の紀一は、学資が出せないと渋ったが、長男の育太郎が少しは手助けしようと言ってくれた。

この時、川越には斉藤さんという人が住んでいた。桃介の進学の話になった時に父が、

「あー、そういえば思い出した。斉藤さんの娘さんが、慶應の先生をしている夏野秀雄さんのお嫁さんだ」

母が知恵を出してくれた。

「そりゃー、いいじゃない。お父さん、斉藤さんに頼んでみたら」

それに丁稚奉公に出ていた兄の口添えもあり、桃介は上京できた。桃介が慶應に進学した明治十六年の東京は、銀座に馬で引かれた軌動車が走り始め、路面を電気で灯る街灯が照らし大きな話題になった時代である。

二人は桃介が「さぁーだ」と、貞が「お兄さん」と呼び合い兄妹のような仲で恋心が芽生えた。しかし二人の関係からすればかなうことの難しい初恋だった。

養子縁組と洋行

体育競技会の後に、桃介は教師を通じて養子縁組みを勧められた。条件は、米国へ留学し帰国したら諭吉の二女房と結婚することだった。〝粉糠(こぬか)三合あったら養子にいくな〟という諺がある。姓も変わって相手の家の言いなりになる。そんなことは嫌だと当初は、思って首を縦に振らなかった。

「岩崎君、君は慶應を出たらどうするつもりかね」

「断然、洋行したいです。そして一億円の金持ちになりたい。そのためにここに入ったのですから」

「それならこの話はいいよ。米国か英国への留学費用は福澤家で全部出すという話だよ。どうかね」

桃介は思案した。こんないい話はもう来ないかも知れない。ふと諭吉の書いた本『男女同権論』を思い出した。確か新夫婦ができたらお互いの姓を一字ずつ取り新しい苗字にすればいいとの文言を思いついた。

「私の岩崎と福澤先生の澤を取り、新しい家は岩澤でどうでしょうか。これならいいですよ」

夢であった洋行ができる。それなら相手が誰であっても取りあえず留学が第一優先だ。一応、両親とも相談したうえで正式に返事をするということでこの話は終わった。貧しい岩崎家では、長男の育太郎も含め養子になることとの懸念のほかは大賛成であった。慶應入りを勧めた隣の新知識人はもろ手を挙げて喜んだ。

「新家は岩澤にすると申し入れてあるから」

周囲の人の養子警戒論に対してはこう言って安心させた。しかし福澤家ではそんな桃介の持論と条件は問題外であった。

明治十九年十二月九日、諭吉は大意を川越の岩崎家へ送った。大意とは婚約に関する覚書と結納だった。その内容は、桃介夫婦を福澤家の別家とし三年間の留学を保証、洋行前に入籍するというものだった。

貞は結婚の話を聞いて悔し涙を陰で流したが、これも定めとすっぱり割り切った。その代わりにいつもの乗馬のほかに柔道、玉突き、花札にコップ酒をあおって憂さ晴らしをした。女西郷とあだ名されるくらいであったから貞にとってこれがごく自然体であった。

桃介は、明治二十年二月二日、横浜港から米国へ旅立った。二十一日には西海岸のサンフランシスコに上陸し、大陸横断鉄道を利用し九日後にニューヨーク州の北に位置するポーキプシーに着いた。そこには諭吉の長男の一太郎が留学中だった。義兄に当たる弟の捨次郎は、ボストンで勉学していた。桃介は半年ばかり英語の実地教育を受けた後、帰国後の事業に思いをめぐらせていた。彼が西海岸へ渡るのに利用した大陸横断鉄道の完成は一八六九年、日本では明治二年である。

（鉄道は人も物も文化も運ぶ。人間でいえば動脈のような役割だ。日本にはまだない事業でやりがいがある）

桃介には、鉄道事業が日本にとって基幹産業になるという確信が得られた。この話を義兄の捨次郎にすると早速、米国で最大の鉄道会社、ペンシルバニア鉄道会社を紹介してくれた。この会社はフラデルフィアに本社を置き米国内に一万数千キロの鉄道網を敷いていた。会社は、福澤諭吉の御曹司ということを知り、社員一名を専属として張り付けてくれた。乗降自由の乗車証も与え、どこでも自由に見学できるように便宜を図ってくれた。しかし桃介は留学中に父母を亡くした。念願の留学がかなったにもかかわらず両親の死は、親不孝者として桃介の心をさいなました。

（日本にいれば看病もでき、もっと長生き出来たかも知れない。親を幸せにするために来た米国だがもう帰ろう）

この心労もあり、三年の計画を三か月短縮し明治二十二年十一月五日に帰国した。帰朝してすぐに房と結婚式を挙げた。間もなく諭吉は、

「桃介君、北海道炭礦鉄道株式会社に行きたまえ。辞令は十二月三十一日に出るはずだ。君は米国で鉄道をしっかりと勉強したんだろ。君にあっている会社だよ」

こう告げた。

「この北炭という会社はね、官営の幌内鉄道の路線を今年の十二月十一日に譲り受けて発足したばかりの民間会社だよ。私も投資をしている。三笠の幌内炭鉱から石炭を小樽港まで運んでいるんだ」

その後この会社は、明治三十九年に鉄道国有法により十月十日に国有化されたため北海道炭礦汽船と改め存続している。桃介は東京で鉄道の研修をしながら、年明けの五月に妻

同伴で本社のある札幌に赴任した。月給は百円、新入社員の相場は、十五円から三十円位だったから破格の扱いである。桃介は倹約家であり貯えることにも熱心で、俸給の半分を貯蓄に回した。

赴任する少し前に貞にある事件が起きた。上野池之端の不忍池のほとりで第三回勧業博覧会が開かれた。ここで馬術競技に、

「葭町の芸者、小山貞が出場」

新聞記事が桃介の目にとまった。長さ一反、おおよそ十メートルある白い吹き流しを背中に立てて、地上に触れることなく駆け抜ける競技である。桃介はいてもたってもおられず会場へ出かけた。

貞は颯爽と桃介の目の前を駆け抜けたが、終着地近くで柳の枝に白布が引っ掛かり落馬した。脳震盪であろう、意識を失って目を閉じている貞の前に駆け寄った桃介は、

「早く、静かにあの救護テントへ運んで下さい」

会場の係員に指示した。おぼろげながら桃介の顔が貞の目に入り、

「ああ、お兄さんだ」

つぶやきながら再び意識を失った。

札幌では房が懐妊し、東京の実家で産みたいと毎日のように桃介を困らせた。諭吉夫妻

の娘可愛さは尋常ではなかった。そういった事情もあってのことだろう。十月下旬になったある日上役が桃介を呼び、

「今度開設する東京支社へ行ってくれたまえ。日本国内の販売と輸出をやってもらう。うちの会社は鉄道と石炭販売の二本立てだが、石炭をいくら掘っても北海道では売れんからのう」

辞令には「売炭係支配人」とあった。

喀血と株売買

再び房の実家の屋敷内で新婚生活が始まった。桃介は、朝から晩まで猛烈に働いた。朝暗いうちに起きて七時には出社し事務処理をした後、石炭を売るために得意先回りを夕方までした。夜は慶應義塾の出身者のための交友クラブ、交旬社へ顔を出す。交旬社は諭吉の肝いりでできたＯＢ会で桃介は商売のつてを求め日参した。

房はお嬢さん育ちで家事や桃介の身の回りの世話は女中任せ。隣家続きの実家で、結婚前のように両親に甘えて生活していた。明治二十四年一月五日、長男駒吉が生まれた。

東京へ戻って四年ばかりたった明治二十七年八月、日清戦争が起きた。石炭を運ぶ大型船は御用船として軍に徴用されてひっ迫していた。桃介は、売炭係支配人として商圏を新

たに名古屋方面まで広げていた。名古屋は、これまで九州炭の勢力範囲だったがここに進出、愛知石炭商会を経営する下出民義と取引するようになった。

下出はのちに桃介の片腕となり終生、彼を支援した。とにかく船がなければ商売にはならない。急遽、桃介の進言で英国籍の貨物船を購入する話がまとまり、横浜埠頭へ受け渡し式に出かけた。ところがその船の甲板上で喀血した。当時、結核は不治の病と恐れられ、転地療養くらいしか治る方法がなかった。桃介の心中は穏やかでない。

（この病気は治るにしても長くかかる。今までの貯金で当分の療養費はなんとかなる。しかしその先が問題だ。頭を使って儲ける方法はないものか？）

安静生活に入った頃に、ふと支社の部下に元兜町の株屋にいた男を思い出した。株の売買の妙味を話してくれたことがある。その男を療養先へ呼び、株取引きの話を聞き本でも勉強した。会社は休職し静岡の興津で転地療養に入り株取引の準備に専念した。

（株をやろう。三千円の貯金のうち、千円を投資しよう）

たまたまこの頃は株価が上がるいっぽうの時で一年後には十万円を儲けた。

興津滞在中に些細な事件があった。興津は、東海道五十三次の十七宿、往時は本陣二軒、脇本陣二軒、旅篭三十四軒と栄えた宿場町だった。近くには、古刹清見寺や日本三景の一つといわれる清見潟や三保の松原が名所として知られていた。ここで桃介は、A旅館の別館に長逗留し療養に勤めていた。この別館は、太平洋への眺望、特に朝日の昇る朝焼け風景がすばらしかった。ある日の午後、女将が現れ、

「お客さん、まことにすみません。井上様という伯爵様が今日、お泊りになるんですが。どなたからか別館の話を聞いて是非とおっしゃるんですが。誰が泊まっているんだと聞かれましたが、それはご勘弁と言いましたよ」

「駄目ですな。この部屋は私が使っているんだ。福澤桃介が滞在中だと伝えてもいいですよ」

女将が去って暫くした後にご亭主が、

「旦那さん、どうしても一日だけですが替わって頂けませんか。何しろ、政治家で伯爵様ときてますからこちらも応対に苦労してますんで。何とか意をくんで」

「とにかく誰が何と言おうと替わりませんよ。大体ね、すぐに権威を振り回すのにロクな奴はいないんだ。私はそういう輩は大嫌いだ」

やむなく本館に泊まった井上馨の一行は翌朝早く出発したが、井上は、

「その若造は、福澤桃介か、覚えておく」

そう言って立ち去った。

一方、貞は明治二十年に伊藤博文の後立てで小奴から奴になり、それまでの三年間で伊

藤との特定な関係を解消して、一応自由の身になっていた。その後、貞は芸者芝居に熱中した時期があった。明治二十二年六月、浜田家に近い蠣殻町の津山藩中屋敷跡に友楽館という演芸場が建てられた。この演芸場は、博文の長女、生子の夫である末松謙澄が渋沢栄一、大喜八郎らと組み建設したもの。その開場式に頼まれて貞は『曽我討入り』の五郎を演じた。それが縁で毎年の暮れに慈善芝居をやることになった。歌舞伎座が完成したのもこの年の十二月だった。

貞は、『曽我の討入』の五郎、『菊畑』の鬼一法眼、『八幡太郎伝授鼓』の八幡太郎源義家、『廓文章』の藤屋伊左衛門などみなが嫌がる立ち役が好きで引き受けていた。

第二章

自由童子　川上音二郎

川上音二郎の舞台風景（福岡市博物館提供）

オッペケペー節

明治二十四年六月二十四日、養母可免は貞に言った。
「中村座でやっている板垣退助遭難実記は大変に面白かったよ。川上音二郎は大した役者だよ。それとオッペケーペー節も面白かった。あんたも見るがいいよ」

米価騰貴の今日に、細民困窮見返らず、目深ににかぶった高帽子、金の指輪に金時計、権門貴顕に膝を曲げ、芸者太鼓に金をまき、内には米を蔵に積み、同胞兄弟見殺しか、幾ら慈悲なき欲心も、余り非道な薄情な、但し冥途のお土産か、地獄で閻魔に面会し、使うて極楽へ、行けるかい、行けないよ。オッペケペ、オッペケペッポーペッポーポー。ままになるなら自由の水で国の汚れを落としたい。オッペケペ、オッペケペ

権利幸福嫌いな人に　自由湯をば飲ましたい　オッペケペッポ　ペッポーポー
固いかみしもかどとれて　マンテルズボンに人力車　いきな束髪ボンネット
貴女に紳士のいでたちで　上部の飾りはよけれども　政治の思想が欠乏だ
天地の心理が分からない　心に自由の種を蒔け

オッペケペ、オッペケペッポーペッポーポー

可免が其の唄を仕草を交え実演して見せた。

「毛氈（もうせん）敷きに座ったまま散切り頭に白い鉢巻をしてさ、陣羽織を着て日の丸の軍扇を右手にかざし面白おかしく熱演するんだよ」

「浅草鳥越にある中村座でしょ。行きたかったな」

「そうだよ、中村座といえば市村座、守田座とともに江戸の官許三座といわれ江戸歌舞伎じゃあ、由緒ある劇場だからね」

「音二郎もたいしたもんだね、お母さん」

「ああ、色々と上演までには苦労したみたいだけどね、今度連れてくよ」

後日連れだって親子で見に出かけた。

明治二十四年六月二十日、川上音二郎を座長とする書生演劇が幕を開けた。この頃、芝居といえば歌舞伎を指していた。川上が旗揚げしたのは世間から見れば書生か壮士が芝居の真似をする下手（へた）物扱いであった。しかし川上を見た貞はたちまち一目ぼれしてしまった。

伊藤から解放されてから貞は、二人の旦那と二人の愛人を持っていた。旦那の一人は第

二横浜銀行頭取の肥田景之で、貞に家を一軒与えてくれた。しかし旦那衆は、家庭があり忙しい毎日。金銭的な援助の代わりに宴会で楽しませることやたまに夜のお勤めをするくらいで好きとか嫌いとかの感情は抜きだった。そのため愛人、つまり情夫として女形として人気絶頂だった中村福助といい仲になった。後の五代目歌右衛門である。もう一人は横綱の小錦、本名二十山（はたちやま）重五郎であった。

しかし音二郎を知り付き合うようになってからというものは、旦那も愛人とも縁を切りひたすら本当の愛人につくした。ただしこの頃は恋愛ごとは、ご法度。特に貞の場合は、これが知られれば不逞な女として社会から追放されたに違いない。だから貞一人の心の中での秘めた恋心であった。淡い桃介との初恋を除けば、貞の初めての恋愛であった。

音二郎は、元治元年（一八六四）年一月、九州・博多の生まれ。十三歳の時に母親の死別を機に出奔、東京・増上寺の小僧、慶應義塾の学僕をした後、名古屋、京都などを転々とする。明治十六年、十九歳で滑稽政談弁士「自由童子」を名乗って各地で演説をして歩いた。当時は、国会の開設や憲法の制定など政治の民主化を求めた自由民権運動が盛んな時代で、自由党総裁板垣退助が岐阜で刺客に襲われたのが明治十五年である。

当初は、政府に不満を持つ士族が運動の先頭に立った。やがて書生、壮士など呼ばれる者達が、街頭で不満をぶちまける活動家になった。活動が高まるにつれて当局の取り締まりも強くなり、逃れる手段として新派劇が生まれていく。

音二郎の芝居は好評で興業は続いたが、そのうちに中村座は鳥越座と改まった。鳥越座に音二郎を連れだって観劇した後、暫く経った日に可免と貞のやり取りである。

「聞いた話だけどね、新聞紙条例とかができて、もう政府批判は書けないそうだよ。演説会も取り締りがひどく、音二郎も臨検の警察官に当てつけを言うから、官吏侮辱罪とやらで何度も逮捕され刑務所に入れられているそうだよ」

「それは私も宴席で何度もお客さんから聞いているけど。壮士たちは、もう演説は駄目だから、講談師になったり落語を習って寄席芸人で民権論をぶっているとか」

「それも監視が厳しいので音二郎は、最近芝居に目を付けてさ、地方で苦労しながら上京し、ようやく中村座で上演できたという訳さ」

「頼もしい男だね、音二郎は」

「なんだい、あの男のえらく肩を持つね、貞は」

少し頬が赤くなったのを可免は見逃さなかった。川上一座は、明治二十六年の中村座正月興行で黒岩涙香作の都新聞連載の翻案劇『巨魁来（きょかいらい）』を演ずるはずだった。ところが幕明けの前の元旦に、座長の音二郎が姿をくらませた。しかも十二月の座員の給金を渡さずに、黙ってフランスにドロンしたのである。座員の一人、福井茂兵衛は茶屋丸鉄の息子で

あり音二郎の借金の保証人になっていたから特に収まらない。貞の自宅へ来て、

「座長はどこだ、去年の正月興業に続いて二度目だぞ。給料も持ち逃げして許せねー」

激昂し懐に忍ばせた短刀の塚に手をかけた。

「知らないよ、私もびっくりだよ」

「とぼけるんじゃーないよ、この阿魔奴（あまめ）、どこだ、言わねーとぶっ殺すぞ」

つっかかってきた。ひらりと身をかわすと貞は、

「あんたも野暮な人だね、茶屋の息子さんだろう、花街に刃物はご禁制だよ、それくらいのことは心得たうえでかね。そんなことより一杯どうですか」

いなして女中に酒、肴の用意を促した。酒好きの茂兵衛は、貞の気迫といなし上手にまいり、貞の手酌で一献かたむけることになった。茂兵衛は音二郎より逮捕歴が多い演説屋の猛者だったが、貞は客の扱いはお手の物である。酔いが回るにつれて貞が前の年の正月の行方不明について弁明した。

「音さんはねー、あんたも知っての通り興業に新しいことを持ち込もうとしているんだよ」

「そりゃー、俺も座員の一人だからわかってるよ」

「例えばさー、番付の体裁だけどさ、今までは歌舞伎に習って木版刷りで序列順だよね」

「おお、そうだな、座頭、書き出しなどの順だ。けど音二郎は違うな、序列がないし場面ごとに配役の名前が書いてあるしな。歌舞伎じゃー俳優の名前も襲名だけど、俺たちはそのままの名前で出てるから分かり易い」

「絵看板だって歌舞伎は、浮世絵一派の鳥居派の絵に決まっているけど、音さんは洋画だからねー。お前さんところもそうだけど、茶屋はみんなこうした新しいやり方に猛反対だろ」

「俺たちは、茶屋の得意客で食わせてもらっているから、そういう新しいやり方で不入りになったら劇場も困るんだよ」

歌舞伎座は十二軒、十二世守田勘弥の新富座は十六軒の茶屋を持っていた。

「だから去年の正月は、音二郎はやりたいことができないんで行方をくらましたのさ」

「じゃー、今年は何だっていうんだ。大体な、音二郎はいい男だよ。だけど女と金に弱い。そうだろ、おかみさん」

大分、ろれつのまわらなくなった茂兵衛が大きな目をむいて怒鳴った。

「さー、音さんが何をしてるか私にも分からなくって困ってんだよ」

貞がそう言ってとぼけた時に茂平衛は白河夜船であった。

「音二郎はね、歌舞伎の因習を変えようと懸命なんだよ。新派は自由民権運動で言えば民権派だよ、ね」

高いびきの元壮士崩れの茂平衛に独り言をつぶやいた其の頃、音二郎は、二人の共通の友人、金子賢太郎男爵の勧めもあって、フランスへ演劇の勉強に出かけたのだ。貞は、すべてを承知で渡航費を出し神戸の港まで見送りに行っている。

肝心の正月興行は、座頭に音二郎の盟友の藤沢浅二郎を立てて、何とか無事に終了できた。前払いだった給金ももらえないので、座員一同が貞のところへ転がり込んできた。貞は、浜田屋の近くに三階建ての家を借りて、座員たちの食事の面倒を見た。

中村座は、公演終了後、ほどなくして近所の火事から座付茶屋ごと焼けてしまい、再建はならず一月二十二日をもって二百七十年の幕を閉じた。

五月初めに音二郎が帰国したが、帰りの旅費がなかった。そこでパリ日本公使館職員の栗野慎一郎が同郷のため頼み込み、帰国する野村公使の随員として苦境を切り抜けた。一座の者は、茶屋に繰り出し表向きは帰国歓迎会だが、実はみなが懐に短刀を忍ばせ殺気だっていた。返事次第ではただ事ですまないと察した音二郎は弁解につとめた。

「すまん、この通り謝る。フランスへ演劇の勉強に行ってたんだ」

「向こうで何をしてたんだ」

藤沢が一同を代表する立場で詰問した。

「俺たちゃー、給金もなくてよー、どうすりゃよかったんだ」

みんなが興奮して殺気だった。

「向こうにいたのは一か月くらいだが、毎日、芝居ばかり見てたんだ」

「それがどうしたてんだ。俺たちとどういう関係があるんだ」

「翻案ものでいい出し物をめっけた。ギリシャ神話のオイディプス王の台本を持ち帰ったんだ。それにむこうじゃー、舞台を電気で照明し、逆に客席は暗くするんだ。顔の作りも歌舞伎のように白粉を塗りたくらず、ほんの少し上塗りすることが分かったよ」

「神話からだって、そんな雲をつかむような話がメシの種になるのかよう」

「この王は知らずして実父を殺し母と結婚するが、後に真相を知って両目をえぐりとり諸国を放浪する話だ。これを基に日本風に仕上げる」

それだけ言うと畳に手を突き平に謝ったからその場は納まった。その後、当時「相馬事件」で世間の話題を集めた相続事件をフランス仕込みの手法を取り入れた翻案ものの芝居『意外』が大当たりした。この事件は、福島・相馬中村藩主の相馬誠胤が精神病だとし家族から家庭に監禁された。これを家臣の一人が財産をかすめ取る陰謀だとし双方で争った。この劇化が評判を呼び『又意外』『又又意外』と続き意外にも大受けした。

音二郎との結婚

音二郎と貞の関係はすぐに色街の話題となった。今をときめく芸者の第一人者が名もなく素性も定かでない売り出し中の河原乞食といい仲になって、すべてを貢ごうとする貞に冷たい視線が集中した。だがこうした妬みや中傷が高まるにつれて、音二郎を男にしてみせるという義侠心が心の底から沸いてきた。

音二郎がフランスから帰ってから暫くした頃、可免が貞に問いかけた。

「音さんのことだけどお前がぞっこんなことは知っているけど、どうするつもりかえ」

「私はお母さんさえ良ければ」

「このまま芸者を続けてしまい、最後はお妾さんで終わるんじゃぁー、お前の親にも合わせる顔がないしね」

「私は書生肌の男が好きだよ、お母さん」

「音二郎は総理大臣になるって言ってるそうじゃぁーないか、まあ、野心家だけど並みの男じゃないね」

「そうよ、後先考えずに思いついたらすぐに動くところはすごいし、きっぷがいいんだ」

「ただね、芸者遊びが趣味とか言っているそうだし、すぐに警察に捕まり豚箱入りだからね、それは覚悟しなきゃー」

「でもね、捕まったといっても官憲侮辱罪、集会条例違反とそれに何だったかなー、……難しい名前で忘れたけどお上をけなすから引っ張られるのよ。泥棒をしたり盗んだりして放り込まれるんじゃーないから。できる男は多少の遊びは仕事のうちよ」

「まあ、うちらの商売柄、男の発展家ぶりをどうのこうのと言える立場じゃーないしね」

明治八年に讒謗律（ざんぼうりつ）という法律ができた。役人を誹謗、中傷したと解釈すれば直ちに検挙できる言論封じの悪法であった。成法を誹謗しても引っ張られた。

川上夫妻・茅ヶ崎の別荘前で（成田山名古屋別院大聖寺提供）

　とにかく音二郎は破天荒な男であった。思いついたらすぐに動く。その無鉄砲ぶりは人の常識を超えていた。警察に捕まることなど屁とも思ってもいない。正義感があり度胸も満点だ。演説もうまかったが金銭感覚はゼロに近い欠点は持っていた。

　明治二十七年十月、音二郎と貞は正式に結婚した。音二郎、三十二歳、貞二十三歳であった。この年の八月には日清戦争が起きている。女性は結婚したら男の付属物と考えられていた時代である。貞は身代残らず献上して入籍した。仲人は音二郎にフランス行きを勧めた金子男爵である。伊藤博文はこの時に第二次の内閣を組閣していた。伊藤は貞に対して祝いの言葉とともに「引き祝い」と称して、吉原で随一の茶屋で大宴会を催してくれた。音二郎は、来賓にはもちろんのこと吉原をはじめ東京都中の盛り場へ、立派な落籍祝いを配ってくれた。宴会は夜ぴって無礼講で行われた。

　桃介が貞の結婚を知ったのは、外国船を借り切ることで横浜のふ頭に出かけ甲板上で喀血する数か月前であった。最初、彼は貞がまだ海のものとも山のものとも分からぬ二流の役者と世帯を持つことに驚いた。嫉妬心も沸いた。だが中村座へ音二郎の芝居を見に出かけて、貞らしい選択だと合点がいった。

「普通の男じゃー、彼女は物足りないんだ。書生好みがいいと新聞にも書いてあったし」

独り言して納得した。彼も今は駒吉と辰三という二児の父親、不仲とはいえ妻もあり貞の幸せを祈るしかなかった。

　結婚した明治二十七年は川上座のあたり年にもなった。音二郎がフランスから持ち帰った翻案もの『意外』が『又意外』『又又意外』と三部作で大当りした。続いて日清戦争の戦地報告劇も大入り満員だった。

「貞、喜べよ。歌舞伎座への進出が決まったぜ」

翌二十八年五月のある日、音二郎が帰ってくるなり息せき切りながら上がり玄関口に座り込んだ。歌舞伎座は、明治二十二年、歌舞伎の殿堂を建設すべしという福地桜痴の提唱で、金融業を営む千葉勝五郎が資金を出し建設されたもので、我が国を代表する歌舞伎の劇場である。

「団十郎や菊五郎の本拠地よ。あそこで芝居ができるなんて夢みたいね」

「なにしろ歌舞伎の殿堂だからな、あれは」

団十郎専用の控室に入った音二郎は、

「親の仇をうったよりうれしい」

貞にしみじみと話した。

人気絶頂の熱血漢で優男を、その筋の女性がほっておくはずがない。芸者、遊女、踊り子などが音二郎をものにするために群がっていた。音二郎も好色にかけては人後に落ちない精力家であった。こうした艶記事が新聞で公になっても、男子の場合は何も問題にはならなかった。彼は欲しいままに情事におぼれていた。

川上座（大谷図書館所蔵資料より作成）

歌舞伎座での公演は七月に二回目があった。しかし川上座の人気もこれまで。また公演の新天地を求め旅がらすが続く。

「決まった場所がなくっちゃー、落ち着いて芝居もできねー」

「歌舞伎の劇場じゃー、新演劇は肩身が狭いね。何でもかんでも歌舞伎流に従わなくちゃーだめだし。あんたの言うことは分かるよ」

「俺たち流に芝居がやれる小屋がどうしてもいるんだ」

音二郎の口癖でフランスから帰って暫くして、神田三崎町に川上座と名付ける新劇場の建設を始めた。確たる資金のあてがあった訳ではない。川上流の思いつきで、資金繰りに貞が苦労する。資金がないので完成は延び延びになり、貞の保証で金を借り三年後の明治二十九年六月に上棟式のめどがついた。洋風の三階建て、客席は約千人、歌舞伎座の半分の規模だが、花道はなし茶屋も一軒だけと、音二郎の構想通り新しい様式の劇場に仕上がりそうだった。

音二郎の落し胤（たね）

晴れの開場式を三か月後に控えた三月末、駿河台鈴木町の貞の自宅に女性二人が人力車で乗りつけた。木戸の横には瀬戸物の表札に川上音二郎とあった。一人は貞と同じ花街出と一目で分かるようなあかぬけした着物姿。その後ろに赤ん坊を抱いた乳母が控えていた。

貞が火鉢の端に長煙管の灰をポンと打ち捨てて尋ねた。

「何か用かね。ついぞ見なれぬ女中さん、亭主はただ今留守だから用があるならまた出直してくれないかい」

愛想なく言い放った。

「それならあなたが奴さんですか、私はいろはのお志づと申します。ああ用が大ありです。この子の面倒をみてもらいに来ました」

と芸者風の女が前に出て赤ん坊を指差した。

「何を言ってんの。なんでこの子がこの家と関係があるんだよ」

これには裏話があった。お志づが、待合内山亭にいたころ音二郎と同じような馴染み客に内芝明神前町の濵名がいた。店の名が腸胃丸本舗で売薬屋の好々爺である。お志づに子ができて困った音二郎がこのお人よしに目を付けた。ある日茶屋へ呼び出し切り出した。

「なあ、濵名さんよ、お志づがお目出度だよ。お前さんの種だとさ。ついては引き取ってもらいたいんだが」

「俺にはあまり覚えがなんだが」

「そう言ったって、お志づがお前さんだと言うんだから間違いなかろう」

「子供まで、そこまで面倒見切れないな」

「なーに、子供には乳母をつけるし、お志づには待合のいろはを新橋難波橋際に持たせるから」

言い含めた。後日、子供の顔を見た濵名が、

「どう見ても俺には似てねーな」

ぶつぶつ言いながら引き取った。しかし肝心のいろはの帳場に座った男がしまり屋でお志づには一銭、二銭の金もままらなかった。お志づが、たまたまいろはを訪れた音二郎に苦情を言うと見栄をはって、

「そうか、それなら俺がお前と赤ん坊を引き取ろう」

口走り、しまったと思ったがもう遅い。お志づは早速、濵名に、

「もうここの暮らしは嫌になったよ、実はね、この子は可愛い音二郎と二人でこさえた情けの塊。その川上と川の字で寝とうなりました」

「何をぬかすか、この女め、二人でぐるになってよくも騙したな。とっとと消え失せろ」

さすがの濵名も怒り心頭で唇を震わせた。

「まあー、こわい顔、お爺さん長々とお世話になりました」

せせら笑ってこれ幸いにと飛び出してきたのである。

こういう仔細を話したから、

「えーっ」

と貞は絶句するばかりだった。

「持参金はございませんが、お金では買えない子宝を乳母まで添えて持ってまいりました。婿殿と三三九度などと申しませんがせめて、親子夫婦のかための杯をさせて下さいな」

貞はぼうぜんとしたまま、衝撃で次の言葉がでてこなかった。くやしいやら情けないやらの感情が入り混じって気を失いそうだった。それでもどうやら事実は認めざるを得なかったが、面倒は見切れない、いや見てほしいとの問答が二時間ばかり続いた。最後は泣

きわめきながらあらがう二人を無理やり追い出し、格子戸をぴしゃりと閉めた。お志づは、先程、乳母が赤ん坊にさせたおしっこに滑って尻餅をつく始末。そこへ帰ってきた音二郎がおおかたの事情を察して一計を案じた。まずお志づ達を上野新坂の旅館伊香保へ行くよう手まねで教えた。後は貞を言いくるめれば済むことと何食わぬ顔で、

「今戻ったよ」

内に入った。

いきなり、

「あんた、なによ」

貞が飛び上がりざま胸倉を捕まえて殴りかかった。

「痛てー、許してくれ、もうしねーから」

それでも貞は泣きじゃくりながらやめなかった。これまで音二郎は何か気に食わないときは、いつもけったり殴ったりが日常茶飯事だった。その仕返しもあった。

「許しません、今回だけは」

そうこうするうちに二、三日経った。金の入っている用箪笥の鍵は貞が持っており音二郎は金に困った。伊香保で待ちくたびれたお志づは、

「私はともかく、赤ん坊だけは是非とも引き取って下さい」

と手紙を付けて川上宅へ送り届けた。この浮気は、ついに可免の知るところとなり散々油をしぼられた。可免は音二郎に食ってかかった。

「貞がどれくらいお前さんに尽くしているかわかっているだろう。フランスへ行った時でも座員の面倒を全部みていたし。その後の生活や川上座のお金だって、貞あってこそだよ。それくらいのことが分からないのかね。情けないよ、まったく」

「へー、わかっております。貞には申し訳ない」

貞がくってかかった。

「申し訳なかったらどうしてこんなことをするんだね。私は許せないから結婚はなかったことにします」

彼女は、いきなり隣の部屋へ行き鏡台から鋏を取り出して自慢の長い黒髪を首のあたりからばっさり切り落とした。当時の女性は別れれば三界に家なし。尼さんになるしかなく女の命の髪を切るということはそういう覚悟を示していた。

「この通り私はもう嫌だよ」

自慢の黒髪を差し出した。

「もうしねーから、この通りだ。すまなかった。許してくれ」

音二郎が畳に頭を付けたままはいつくばった。それから暫くして、仲人をした金子男爵が中に入り色々と両者をとりなした。それで可免も貞も音二郎の言を信じて元のさやに戻ることになった。子供は引き取り入籍させ雷吉とした。

「種の主は俺ひとりじゃーあるまい。四方八方にあるだろう。ゴロゴロ転がっていただろうが不意に俺のところへ落ちてきたから雷吉だ」

こう新聞に公表しているくらいだから、心から反省している様子がうかがえなかった。

川上座の柿(こけら)落しは、六月六日に行なわれた。新劇場は、幕も横引きから上へ上がっていく西洋式を取り入れた。千名を超える招待客を前に音二郎が挨拶をする横には、着物姿の貞が並んだ。ここで珍事が起きた。貞がお礼に頭を下げた途端に短髪姿の頭に変わり、招待客一同がどよめいた。長い髪を束ねた付けものがぽとんと舞台に落ちてこの始末。貞は恥ずかしくて音二郎の後ろに隠れ、すぐさま舞台監督が緞帳を下してとんだ幕引きとなった。これで音二郎の行状も、こと細かく新聞に面白おかしく書かれ世間に知られることになった。

「今日もまた催促に高利貸が来たよ」

音二郎が帰ると貞がこぼした。

「ほっとけ、あんな守銭奴らに構ってられないよ」

「あんたは外だからいいけど。あたしは困るんだよ。毎日だからね、断る口実がなくなったよ」

川上座はできたものの借金で作った建物だから、返済問題がたちはだかった。そんな窮状も顧みずにある日、音二郎が叫んだ。

「俺は衆議院選挙にでるぞ。選挙で高利貸退治と新演劇の保護を唱えて代議士になる。世直しにはそれが一番に手っ取り早いんだ」

彼は東京府荏原郡入新井村、現在の大田区大森駅付近に移住した。明治三十一年三月と八月に行なわれた第五回、第六回の選挙に目算のないまま出馬したのだ。一月には第三次伊藤博文内閣が組閣され六月まで続いた。音二郎は世間一般には絶大な人気があった。しかし選挙権のあるのは地租つまり直接国税十五円以上を納める二十五歳から上の男子のみ。看板はあったが地盤のない選挙で、当選の見込みはなかった。これを買収で乗り切ろうと、ここでも借金でしゃにむに闘ったが二回とも惨敗だった。そうこうするうちに虎の子の川上座は、人手に渡り万事窮すとなった。新聞は都新聞などみなが音二郎の政界進出には批判的だった。特に万朝報は、

「もし音二郎が当選するようなことがあれば日本国民を冒涜するものだ」

そこまで言い切った。

選挙後、音二郎は、

「憎っくき社長の黒岩涙香を殺してやる」

と言って彼の自宅や万朝報社のあたりをうろついた。そのうち音二郎は懐に短銃をしのばせ万朝報の社屋になだれこんだ。だがたまたま黒岩が不在で幸い殺人罪は免れた。

嵐の中あてなき船旅

九月になったある日、帰るなり、

「おーい、貞、この前東京府からもらった海外遊芸渡航免状あるか」

その免状によれば清国、朝鮮、仏、米、英、ドイツへの渡航が許可されていた。

「あい、用箪笥の一番上の引き出しに。それがどうかしたの」

「築地にあった短艇を買ってきた。名前は日本丸とする。それに乗り太平洋に出る」

「出るって、それでどこまで行くの」

「どこまでといっても俺にもわからん。船に聞いてくれ。このままじゃー、高利貸から逃れられない。とにかく奴らの目の前から消えるしかないだろ。お前がだめでも俺は一人でも行く。とりあえず神戸へ向かう。そのうちにうまく流されればアメリカに漂着するかも知れないしな。そうしたらフランスのパリを目指す」

これほど無茶で無謀な話はない。夢のようなことをべらべらとしゃべり出す。

「私だって毎日、うじうじと借金取りの断りばかりじゃー、やってられないよ。こうなったらついて行くよ」

「それは有難い、帆が付いているが、風がなければ手で漕ぐ以外ない。一人が漕いでもう一人は舵を取らねば進まないから助かる」

その船は長さ四メートルで屋根と動力源はなしで三角帆一枚が付いていた。無論、二人には、船の操縦経験は皆無で自殺志願ともいうべき無茶な航海だった。こうして明治三十一年九月十一日深夜、台風の来る二百十日を期して築地河岸から出航した。台風の風を頼りの旅立ちで、船には音二郎の妹の子で十二歳のしげと犬が同乗していた。

携行品は、米、みそ、醤油、飲料水、干し肉、鍋、釜、雨具、浮きぶくろ、などだった。だが誰が聞いても見てもこれほど無茶な船旅はない。

「おお、あそこに灯台がある。どこかの港だぞ」

なんとか船を操って灯りを頼りに進むとこれが横須賀港内の軍艦富士の甲板の光だった。たちまち水兵がボートでやって来て曳航され本艦へ。

最高責任者の荒井少将が、

「貴様らは誰だ?」

「川上音二郎と申します」

「なんだ、役者の川上か。どこへ何をしに行くのか」

「すこし訳ありで。ちょっと神戸まで行こうかと。うまくいけばそのままアメリカへでも」

「馬鹿を言え、女、子供を連れて嵐の前に大平洋へ出る？　この小舟で。そんなことがやすやすと出来るんなら海軍は要らんぞ」

問答の末に警察に突き出された。海軍、警察から気違い扱いされた。可免も呼び出されたが、気の変わるような二人でないと、子供と犬を引き取って帰ってしまった。

二人はつながれていた鎖をほどいて再び船出した。太平洋の相模湾、駿河湾、遠州灘、熊野灘、紀伊水道を渡る四か月の常人では耐えられないような船旅だった。

九月末、台風に見舞われ遠州灘の洋上で三日三晩、小船はきりもみ状態にされたあげく天龍川河口へ打ち上げられた。

「おお、あんたら、ひょっとして新聞に出ている川上音二郎さんたちかな。船が大分壊れているな」

通りかかった地元の漁師が船大工の家まで案内してくれた。東京と違い村人総勢で大歓迎してくれ船の修理もあり一か月近く滞在した。

三重県の浜島沖では、アシカの大群に囲まれ危うく船が転覆しそうになった。黒い大きなボールのようなものが船の周囲に盛り上がり度々、今にもひっくり返りそうになった。

この時も貞は、不動尊像を手に一心に祈りを捧げた。

「のうまく　さまんだ　ばざらだん　せんだ　まかろしゃだ……」

「仏にすがれば、世の中の邪悪な垢は取り除くことができるの」

貞がいつか説明してくれたことを音二郎は思い出していた。可免が病気の時の水垢離（こり）、成田山の帰り野犬に襲われた際にも「のうまくさまんだ」を唱え続けていたのだ。暫くするとあの黒山のようなアシカの大群がいつの間にか視界から消え難を逃れることができた。


その後熊野灘では、嵐にあい死ぬ一歩手前だった。山のような波が次から次へ押し寄せ木っ端船は空中で分解しそうな恐怖にひと晩中襲われた。貞は、懐中に可免あての書置きを忍ばせて、もしもの場合に備えていた。帯の間には銅製の不動尊が入っていた。朝になり嵐が去り二人は気を失い、漂流されていたところをたまたま漁船に発見されからくも命を取り留めた。

ここは、尾鷲に近い三重県北牟婁（きたむろ）郡島勝浦のひなびた漁村であった。遠州灘で遭難した時と同じく土地の人々は、親切に介抱してくれ再び船出する際は食料品もいっぱい積んでくれ航海の無事を祈ってくれた。

「さようなら。有難う。元気でね」

貞は再び会うことはなかろうと、見送りの村人たちに力いっぱい手を振って別れた。このまま南下し和歌山の新宮、紀伊勝浦を過ぎると捕鯨で知られた太地の漁村が視界に入る。

こうして奇跡的に翌年の一月二日に神戸港に到着する。七百キロの船旅である。二人とも水ぶくれで死人のような顔つき、特に音二郎は血を穿いて止まらなかった。そのあと音二郎は一か月半ばかり入院する羽目になった。しかしここでたまたまアメリカ行き興業の話が舞い込むのだから、万事塞翁が馬である。

第三章

シスコで女優貞奴誕生

ベルリンでの貞奴（ウィキメディアコモンズより）

アメリカから欧州へ

「アメリカで興業しないかという話だよ、お前さん」

ある日貞が入院先の病室へ来た際、音二郎に告げた。

「誰がそんなことを持ち込んだんだ」

「向こうで日本庭園を経営している櫛引弓人さんとかいう人が、私たちの噂を聞きつけて持ち込んできたのさ。なんだか嘘みたいだけど」

櫛引は西海岸、ニュージャージー州のアトランティックシティーで成功をおさめている実業家という触れ込みだった。

「なんでもいい、乗った乗ったその話。すぐにアメリカ行きだ」

幸いなことに神戸には音二郎たちの無事の漂着を聞きつけて、川上一座の座員が集まっていた。すぐに芝居道具をかき集めて一行十七名がゲーリック号で船出した。明治三十二年四月三十日のことで、五月二十三日に西海岸のサンフランシスコに到着した。ところが、この話を仲介した櫛引は、事業がうまくいかず現地で弁護士の光瀬耕作が面倒をみると聞かされた。

市内で最も大きなカルフォルニア座という劇場が借り受けられていた。町中には、川上座の紹介とともに貞の顔写真付きのポスターが張りめぐらされていた。写真の件は、櫛引弓人の仕業らしかった。

「ああー、驚いたよ。アメリカには。汽車や電車、自動車が町中走っているし。それに見上げると首が痛くなるような高い建物が連なってお日様が見えないくらいだ。雲の上か天竺かと思ったよ」

驚いて声も出ない貞の第一印象である。西暦一八九九年のサンフランシスコは、人口三十五万人の国際都市であった。前年の四月には米国とスペインとの間で米西戦争が起きている。

ホテルに着くや貞がこぼした。

「それに何さ。街には私の写真ばかり張り付けてある。私は芝居には出ないよ。一座の世話をするために私は来ているんだよ」

「それがな、貞、だめなんだ。劇場の運営係に日本で女優はいないと掛け合ったんだが、聞かないんだ」

歌舞伎は出雲の阿国という女性が始めたが、三代将軍家光公が寛永六（一六二九）年に男女合同の狂言は風紀を乱すとして女舞・歌舞伎とともに禁止した。

それ以来女性は舞台に立てず女形の男優が演じてきた歴史がある。

「歌舞伎が禁止されたいきさつをるる話して、それ以来日本じゃー、二百三十年間女優はいないんだといくら言っても。運営係が聞かないんだ」

「だめだめ、アメリカでは通用しません。女の役を男がするのは変態的とみられます。女優がやるのが当たり前でしょう」

「どうしてもだめですか？」

「女優が出ないと芝居はやらせません。そう言うんだ。郷に入れば郷に従う以外ないな」

「そんなこと言われても困るわ」

「畜生、ここは女の国だ」

音二郎は歯ぎしりしたが仕方がないので貞を説得した。

「お名前を聞かせて下さい」

打ち合わせの時に、立ちあった日本にいたことのあるアメリカ人に名を聞かれ川上貞と答えると、

「貞では愛想がないですね。何か別の名はないですか」

「芸者の時は奴と言いました」

「奴、貞、貞、奴それならこれがいい。川上貞奴でどうでしょうか」

こうして本邦初の女優貞奴が米国で誕生した。二十三日に着いて二十五日から小さな劇場で二週間の公演をうった。移民の日本人向けの出し物で千二百ドル以上の収益があり一

息ついた。

　幸い好評で四日間で経費を引いて二千ドルの収益が上がった。一週間休み六月十八日からアメリカ人を含めた一般公演をすることになった。主演女優、貞奴の登場により予定していた演目『心外千万・遼東半島』をはずして『児島高徳』、『楠公』と『娘道成寺』などと決まった。『楠公』は別名『楠公父子桜井の訣別』。主人公の楠正成とその子正行との悲しい別れが主題。正成は児島高徳とともに第九六代の後醍醐天皇に忠誠を果たした武将で知られる。

　娘道成寺は、僧の安珍に清姫が恋すがり、最後に蛇になる恋物語。内容は、主役による娘踊りで占められている。観客の受けは良く、特に貞の踊る娘道成寺は圧巻だった。幼い時から身に着けた素養でしなやかな手つき。巧みな足さばきに、愁いを込めた黒い瞳の東洋の女性の神秘的な動きに誰もが魅せられた。

　ところが好事魔多しである。四日目の夜の公演の準備中突然、裁判所の関係者らしい人が差し押さえを始めた。

「畜生め、あの野郎、弁護士の光瀬が二千ドルを全部持ち逃げしやがった。それで広告料、電気代を含めて未支払い金を払わない限り衣装、道具、ホテルの荷物も担保に取られている」

音二郎が劇場側とかけあうとこういう事情が分かった。音二郎たちが泊まったのは油圧式エレベーター付きの豪華なパレスホテルであった。貞は担保人としてホテルに閉じ込められたが、座員は安宿にも戻れず寝るところがない。

とりあえず、在留邦人の好意で寝泊まりできる場所だけ借り、パンだけをかじって雨露をしのいだ。音二郎が日本人の商店経営者に必死で頼み込んだ金でホテルを出ることはできた。

「おーい、一週間の義捐公演ができるぞ」

ある日、音二郎が駆け込んできた。

借金をして取り戻した衣装の一部と舞台の花道を皆で作り、在留邦人相手の公演を一週間うった。これで得た資金で残りの衣装と舞台道具を取り戻した。この頃芝居を通じて知り合った現地の日本人は、祖国へ帰るように勧めた。

「俺は国へ帰ったら結婚式をあげる許嫁がいるんだ。このままじゃー、どうなるかわからず心配だ」

「俺も親父とおふくろが年だし。帰りたい」

若い座員が訴えると、他の座員の多くも日本に残した家族が心配で同調した。

「分かる、わかる。みんなの気持ちは同じだろう。だけどなー、俺は来年フランスのパリで開かれる万国博覧会で公演すると日本を出るときから決めているんだ」

「えー、パリまでだって。それなら音二郎と貞奴さんのご両人がここに残って、初めからやり直したら」

「それがいい、そうしたらいい」

反論が続くなか音二郎が熱弁をふるった。

「考えてみてくれ。こういう機会は二度とないぞ。芝居の本場は何といってもフランス、パリだ。俺は行って見て確かめているから嘘は言わない。万一、駄目になったらそれはその時だ。皿洗いでもボイラー焚きでもなっても食うことはできるさ」

「そうは言ってもなー、成功する見込みがないんだから」

「とにかく、この場は俺に命を預けてくれ。なんとか努力するから」

音二郎は得意の弁舌で必死に説得、頭を下げて頼み込んだ。その結果ようやくそのまま旅を続けることになった。船で日本人移民の多いシアトルへ向かい九月初めから三週間滞在、一週間公演し資金を稼いだ。その後汽車で二時間ばかりのタコマからオレゴン州のポートランドに着き、いよいよ大陸横断旅行となった。

「なんでも汽車はロッキー山脈とかいうでかい山々を超えていく。シカゴまで四昼夜かかるそうだ」

出発前に音二郎がみんなに東海岸の大都市シカゴを目指すと言った。ロッキー山脈は、北西アラスカからメキシコ北部まで続く四千八百キロの大山脈。その背中には、四千メートル級の山が連なっている。

「それで向こうに仕事はあるんで?」

「それは着いて劇場を当たってみてからだ」

「大丈夫かな。また腹がへるのはこりごりだよ」

心配しながらも乗りかかった舟だから仕方がない。衣装、かつら、道具類を手分けし肩に背負って三千七百キロの長旅となり、十月十一日にシカゴに着いた。シカゴは、ミシガン湖の南西部に位置する大都市。しかし皆が心配した通り芝居ができない。手あたり次第あたったが、どの劇場も十数名の日本人が芝居をするといっても相手にしない。西海岸と違って東海岸は日本人も少なく頼る人つてもない。

「お前さん、食べるものを買うお金もないし泊まることもできなくなるよ」

「貞、それは分かっている。ライラック座というところの座主が日本びいきと今日聞いた。明日、交渉するからそれだけが頼りだ」

翌日、朝から劇場で相手にされなかったが夕方までねばってようやく座主のハットンに会えた。

「次の日曜日の昼だけ一回空いている。それでよかったら。多分、お客は来ないだろうから、日本に興味を持っている私の娘と二人だけの観客かもね」

飛んで帰り報告すると劇団中が沸き立ったが、公演まで四日ある。大喜びもつかの間、その間をどうやって生きるかが大問題になった。観客動員策も考えねばならない。

「悪いけど、一日一食だよ」

貞が苦心して何とか一日目は手当てしたが次の日からは、

「すまないが一人前を二人で分けておくれ」

公演二日前からは水だけとなった。それでも甲冑など舞台衣装を着けのぼりを立てて、鐘、大きな太鼓、ほら貝を鳴らし「プープー、チンチン、ドンドン」と町中を宣伝して歩いた。

みぞれの降る寒い日だったが、町中の人々が何事が起きたのかと外へ出てきてそれだけの効果はあった。いよいよ当日、観客の入りはまあまあだったが、前日までに全精力を使い果たしている。出し物は『児島高徳』と『娘道成寺』。高徳は終盤にくんずほぐれつの乱闘場面がある。ところがなげ飛ばされ再度立ち上がるはずの役者が起き上がれない。腹が減っていてのびてしまいそのまま大慌てで幕を下ろした。

道成寺は、舞の華麗さが要求されるとともに一時間近く一人で踊らねばならない。相当な体力がいるが、貞は途中で気を失い倒れた。食うや食わずの毎日だから当然だ。

「ちょっと、みんな貞さんを起き上がらせて」

坊主役の一人がつぶやき皆に目配せしながら貞を抱き上げた。見ている人はそれも演技の一つととらえた。

「ブラボー、ブラボー」

幕が下りると観客の拍手は鳴りやまず、歓声が広い館内にいつまでたっても終わらなかった。とにかく空腹で死ぬかと思うほどの苦しさの中での芝居だった。それが観衆には異様なほどの迫真の演技と映って感動の嵐となった。短艇で太平洋に乗り出した事件に続く万事塞翁が馬の一幕の再現となった。

「とにかく何でもいいから注文して食ってくれ。金は公演料の半分をもらったから大丈夫だ」

流石の音二郎も半分涙声で近くのレストランへ駆け込みねぎらった。肉やらスープ、カレーだのとしこたま頼んだが、みんな涙が出るだけで喉を通らなかった。翌日の朝、ハットンが新聞の束を手に音二郎らの泊まっているホテルを訪ねてきた。どの新聞も川上座の芝居を絶賛していた。

「これから二週間、昼の公演をお願いしたいが……」

うって変わった低姿勢でハットンが空いていないはずの舞台の提供を願い出た。主客転倒である。

「まあー、いいでしょう。少し出演料のことでお話が……」

音二郎は、もったいぶって注文を付け承諾した。その後、オハイオ州などで巡業しながら十二月三日にボストンに到着した。ボストンは、東海岸マサチューセッツ州の州都。一六三六年に設立されたアメリカ最古の大学ハーバード大学の所在地として知られている。

音次郎はアメリカでは楠公のような歴史ものや忠勤に励む武士物語は受けないことを理解した。そこでボストンでは、『芸者と武士』なるアメリカ向けを創作した。第一部は吉原の芸者、葛城をめぐる二人の武士の争い。第二部は道成寺を少し手直し、その芸者の好きな男に実は許嫁がいるという筋書きで踊りを入れた。寺の中に逃げ込んだ恋人と恋敵二人に会えない芸者は失恋の痛手で好きな男の腕の中で死んでしまう。芸者役の貞の踊りのお蔭でこれが評判になった。

十二月初めに地元ボストン・グローブ紙の記者が貞の取材に訪れた。

「日本ではまだ女優がいないと聞きましたが本当ですか。アメリカの女性の地位と比べてどんな違いがありますか」

「残念ながらまだ女性が舞台に立つことはできません。日本では女性は男性のように教育を受けることはできません。男女が七歳を過ぎると向かい合って座ることもできない決まりがあります。女性は男性にいつも奉仕する立場に置かれています。私は男性のやることは女性もできると思っていましたが、アメリカへきてそれが正しいと分かりうれしかったです」

「女性が尊重されていないですね。男性が女性につくすことはあまりないと?」

「ここでは女性が男性からいかに大切にされているかを知り、決してこのことを忘れないでしょう。日本へ帰ったら男性が日常生活の中で女性をより重要に考えるよう、すこしでも影響を与えられるよう願っています」

「それならアメリカに永住したらどうですか」

「もしそうすることが可能なればそうしたいですが……」

それ以上は口を濁し続けることはできない貞だった。彼女は銀行員、新聞・雑誌の記者、裁縫師、洗濯屋、百貨店の前身である勧工場、電話局などで働くアメリカの女性に関心を持ち観察していた。その後、クリスマスイブに載せるためにボストン・サンデー・ポスト紙が取材に来た。

「マダム・ヤッコさん、あなたは最も美しい女性です。また黒髪で踊る舞は人々の心も引き付ける魅力があります。それに誰に対しても優しい」

「日本の女性は誰もが親切で優しいのですが、生まれてくるときから差別されているのです。男が生まれれば家じゅうが大喜びですが女性の場合は〈なんだ女の子か〉という感情です。男性は教育が受けられますが、女性は結婚すると男性に尽くすことを小さいころから教えられます。私は家が貧しかったために十歳のころから宴席で踊る以外生きる道がなかったのです」

この年のクリスマス時のボストンの話題は英国の演劇界で最も名の知られたサー・ヘンリー・アーヴィングと相手役の女優エレンテリー一座の公演であった。彼らは六度目の訪米で「ヴェニスの商人」が売りだった。

「貞、アーヴィングさんに俺たちの芝居を見てほしいと手紙を届けたよ」

「まあー、相手にしてくれますかね?」

貞は半身半疑だった。

「おおー、返事が来たぞ。お招きを感謝するとあるぞ」

数日後、音二郎が手紙を見せながら

「彼らの芝居を見た後、楽屋を訪ねよう。こんな機会を逃してなるものか」

二人は、商人のシャーロックがアーヴィング、ポーシャはエレン・テリーのヴェニスの商人を何度も見た。照明の仕方、本物の馬が舞台に登場するなど参考になることを何でも吸収した。華麗な立ち回り、時には笑わせる話術も豊富で観客を飽きさせない。

ある日、川上一座に劇場を紹介してくれた興行師がこう言った。

「君らはアーヴィングにはとても及ばない。段違いだ」

「なーに、あれくらいの事なら簡単だ。日本版のヴェニスの商人で勝負だ」

音二郎は言い返した。

「それならやってみろ」

ということになり早速、『娘道成寺』と日本趣向の『人肉質入裁判』を上演した。法廷の場面だけをちゃっかり本物から借りた。舞台は北海道、金を貯めた音二郎が演ずる才六（シャーロック）に函館の商人、安藤仁三郎（アントニオ）が金を借りに来る話。ポーシャはお袖の名で貞が演じた。日本語を言っても誰も分からないから台本はなし。何でも思いついたことを場面に応じて勝手に英語調でしゃべることにした。

「チチンチチンプイプイ、チャンチャン」

こういう調子だ。なんでもいい、筋書きに合わせて歯切れよく抑揚をつけてべらべらしゃべる。貞は、「ノウマクサマンダ」と例の不動明王に唱えるお経の一節を唱えたくらいだ。ただし役者同士の約束事があった。途中でふきだして絶対に笑わないことを申しあわせた。

身振り手振りの演技、役者の表情などを観察したアーヴィングは、意外にもいたく感心した。実際に楽屋でアーヴィングとの話し合いは実現し音二郎、貞と意気投合した。

「やったぞ、アーヴィングさんが紹介状を書いてくれロンドンへ来いと言っている。よし、いよいよパリだ」

アーヴィングは、音二郎と貞が自分の〝芸術仲間だ〟と記した紹介状を書いてくれたのだ。

所変わってここは首都ワシントンである。日本の公使、小村寿太郎がボストンでの川上座の異常な人気を聞き疑いを持った。怪しげな日本の歌舞伎もどきの出し物でアメリカ人に誤った日本観を持たせてはなるまい。

「わしは、日本公使の小村だ。今日、ワシントンから二十四時間汽車に乗り継いで君たちの芝居を見にやってきた。日本の恥をさらしているのではと心配していたが無用だった。立派な舞台で敬意を表する。ワシントンへ来たまえ」

ある日、舞台がはねた後、一人の痩せて小柄な男が楽屋に現れこう述べた。小村は、東京の大学南校（現東京大学）に進学、その後文部省留学生に選ばれハーバード大学に進んだ。明治三十三年清国公使になり義和団事件後の講和会議で活躍。翌三十四年には、第一次桂太郎内閣で外務大臣に抜擢されている。

一月二十八日、一行十四名がボストン到着二か月後にワシントンへ向かった。十七名から三名座員が減っているのはボストンで三上繁、丸山蔵人、二人の女役を病で失ったためだ。丸山は化粧で使う鉛の中毒が悪化、三上は淋しさを紛らわせるために痛飲したウイスキー、ブランデーなどが原因の脳病で異国で帰らぬ友となった。中でも三上は、日本に母親と許嫁を残してきただけに無念さが思いやられた。子供ができたという便りに喜び、おもちゃを買い集めていたのがいじらしかった。このほか下役の一人が、現地で職を得て座を離れた。

ボストンで音二郎は盲腸炎になり重体になった。死を覚悟した音二郎が、

「俺が死んだら、貞、一人になったとしてもパリへ行ってくれ。これは遺言だ。俺の名代だから髪の毛は切って坊主でな」

「分かりましたよ。そうなったら男のなりをしてお前さんの霊とともに行くから安心して」

そう言って手術室へ送り出したこともある。ワシントンの日本公使邸で開かれた夜会には、マッキンリー大統領夫妻を賓客として迎えることができた。普段の夜会にはあまり人は来なかった。しかしこの夜は閣僚全部と文化人が大勢参加した。お目あては貞奴らの芝居で当夜は、『児島高徳』、『道成寺』、『曽我兄弟』を演じ大好評だった。

ニューヨークでも川上一座のことが評判になっているので二月八日、全米第一のこの大都市に向かった。人口三百四十万人というこの都会には、三十三建ての高層ビルをはじめとした摩天楼の下を人が蟻のように歩いていた。

ニューヨークでは、俳優学校と俳優倶楽部を見学でき感心した。日本のように徒弟制度でなく理論から演技を体系立てて個別に教えるやり方は参考になった。

「日本に帰ったら是非とも俳優の養成所をつくりたいものだ」

二人は話し合った。

折からニューヨークでは、イギリスの女優オルガ・ネザーソウルがウオラック劇場でアルフォンス・ドーデ作に基づく『サフォー』を演じ人気を呼んでいた。この劇場は、音二郎らが公演していたビジョー劇場の真ん前だったため二人は観劇に出かけた。

「西洋の狂言のようなものね。サフォーは、画家のモデルを職とする設定だったわ。ネザーソウルがサフォー役をしてある夜の夜会で田舎出身の青年ジャンと知り合って彼の下宿まで来るのね」

「それからサフォーが酔って帰れないからお願いと言って甘ったれる」

「結局、彼がサフォーを抱きかかえ寝室のある二階への階段を上がるところで幕だよね」

「馬鹿ばかしいったらありゃしない。これで幕を閉めても拍手が鳴りやまず十数回も開けたり閉めたりだから。日本ではやれないよ。あんな不逞な話ではな」

しかしニューヨーク女性倶楽部がこれが不道徳極まりないとかみついた。上演禁止の告訴をし、裁判沙汰になり益々話題を呼んだ。ネザーソウルは、一時拘留されたものの無罪になったが、商魂たくましい音二郎だ。その日のうちに『日本風サフォー』なる看板を出して注目を浴びた。ジャン役は甚五で音二郎、サフォー、佐保子は貞がやった。芸者の佐保子に言い寄る甚五とのやり取りもきわどいところはなく綱引き、踊りや恋歌などで清廉に仕上げた。これが女性倶楽部から高尚であると高く評価されたことが縁で貞は、ニューヨーク俳優倶楽部の特別会員に推薦された。

ニューヨークでは、歌舞伎の外題から改作した『袈裟』を上演し好評だった。貞は山賊に捕らえられた若い女性、袈裟役で登場。山賊に踊りを強いられているところへ通りかかったのが武士の遠藤盛遠で袈裟を助け出す。袈裟を母のところへ届け敵役を撃ったのちに結婚する許しを得た。しかし果たせず戻ると袈裟は敵役の妻になっている。逆上した盛遠は袈裟の手引きで敵役の首をはねるはずが、実は彼女が身代わりとなっていた悲劇である。

ロンドンからパリへ

音二郎は、アーヴィングの紹介状のあるロンドンへ一日も早く行きたくて四月二十八日に新型の大西洋横断高速汽船で船出した。五月八日にリバプールの港に着き首都に向かった。早速、アーヴィングの紹介状を頼りにコロネット座を訪ねたが連絡不足もあり、

「残念ですがこれから二週間はふさがってます」

劇場主に言われがっくりきた。音二郎のいつもの思いつきの行動からは当然予測された事態ではあったが。またもや食うや食わずの日々が続いたものの二十二日にようやく開演することができた。出し物は『袈裟』、『芸者と武士』などだったが、イギリスでは、幸いにもアメリカと同じように日本的なものが流行していた。それらは浮世絵、屏風、扇子、着物、漆器、磁器であり、ちょうど英国人による『蝶々夫人』が上演されていた。

アメリカに着いて以来、貞は西欧の芝居を見ながら女優の観察をした。

(日本じゃー、歌舞伎の女形は型にはまったままであまり表情も変えないわね。こちらじゃー、女優は笑顔で舞台に出てきて踊りの最中楽しそうな顔つきになる。思い切って気持ちをそのまま出そうかな)

彼女は日本では正式の舞台に立つことはなかった。それで控えめな演技だったが、これに演技に合わせた目、顔の動きが加わり観客を引きつけた。静と動の融合で新たな貞奴像が出来上がり見る者の心をつかんだ。

ようやく五月二十二日に初日を迎えることができた。演目は、『児島高徳』、『芸者と武士』だが、高徳はそのままでは理解しにくいため『忠臣』と改めた。

『芸者と武士』では、芸者葛城を演ずる貞が葛飾や北斎の浮世絵から浮き出て歩いたりしゃべったりするかのごときと評され評判になった。

ロンドン滞在中の六月二十七日に大富豪のヘンリー・ルイス・ビショップハイムの大邸宅で公演ができる機会を得た。『自伝音二郎・貞奴』では、ここがバッキンガム宮殿と誤って記されている。その上にビクトリア女王の息子であるエドワード皇太子が訪れるという幸運もあった。最初の『児島高徳』が終わった時会場がしーんとして拍手がない。貞は楽屋に帰って通訳に尋ねると、

「宮廷では、拍手はしないことになっているんです」

との返事で安心した。ところが最後の道成寺がはねると万雷の拍手が沸き起こった。慣例が破られた最初の場合だったとの話だった。

皇太子が娼婦を演ずる奴の演技に感激し終演後、音二郎と貞奴に親しく話しかけた。

「踊りであなたの手が別の生き物のように自在に動くのには感心した。美しい着物、長くて光って見える黒髪も魅力的だった。音二郎、貞奴、遠い東洋からはるばるロンドンまでの旅疲れたであろう」

ねぎらいの言葉をかけてくれた。翌日に一行は、ドーバー海峡を列車で越えて夢にまで見たパリに足を入れた。

音二郎は、パリに着いてフランス公使館へ栗野慎一郎を訪ねた。その帰りを待っていたみんなの前に現れた音二郎が興奮気味に叫んだ。

「おーい、みんな安心してくれ。ロイ・フラワーさんが持つ劇場での公演が決まっている。公使館に連絡があった。今確かめた。間違いないぞ」

「じゃー、もう飯が食えるかどうかの心配はしなくていいんだ」

「よかったよ。芝居だけすればいいんだ。フラワーさんってどういう人？」

アメリカやイギリスでは公演前に難題が待ち構えていただけに、音二郎の説明に座員の多くが問いかけた。

「アメリカ生まれの女性舞踏家だ。色々と照明に工夫して踊るので有名だそうだ。パリに住んでいて小さいけど自分の劇場を持っている。宿も自分の屋敷を使っていいそうだ」

「どうしてその人が我々の公演を引き受けてくれたのかな？」

「ニューヨークやロンドンでの評判を聞いていたので面白いと。七月四日が初日だ。もうチンドンと町中を歩かなくても宣伝は彼女が請け負ってくれたよ」

「それは有難いな。芝居だけすればいいんだな」

「フランスではな、今ジャポニスム現象が起きているんだ」

「何だい、そのジャポ……とかいうのは」

「日本趣味、特に安藤広重、葛飾北斎、喜多川歌麿などの浮世絵とか掛け軸などに対する関心の高まりだ」

音二郎が、粟野から仕入れた知識でうん蓄を披露した。

「数年前から林忠正さんという人が、店を構えて浮世絵を大量に輸入し販売もしているんだ。彼は明治十一年、パリ開催の万国博覧会に通訳として雇われたことがあるんだ」

華の都、芸術の都、パリの一九〇〇（明治三十三）年は万国博覧会開催の年であった。この年の四月十四日から十一月三日まで開かれた。これより前の一八九一年にフランス文壇の大御所のひとり、エドモン・ド・ゴンクールが日本の浮世に関する著書『歌麿』を出版した。彼は日本語を全く解せず来日したこともない。しかし林忠正の手引きで本格的な日本美術論を展開し文学界、美術界に様々の話題を提供した。実際、その後にマネ、モネ、ゴッホ、エミール・ガレ、ドビュッシューなどが日本の古美術に魅せられ創作活動に生かした。

パリ万博には、日本から橋本雅邦、黒田清輝、長沼守敬らの美術作品などが出品されたほか仏文による『日本美術史』が刊行されていた。こうして日本を受け入れる素地のあった街には六千個の電球が灯されさながら街中が不夜城のごとく光の中に浮かび上がった。この頃パリでは画家のロートレックが浮世絵の木版画に魅せられた。一行が、日本の古典文化に対する関心が高まっていたこの時期に訪れたことは幸運だった。

劇場の前の看板には、〝日本の役者、貞奴とその一座〟の張り紙があった。川上音二郎の名前は、その下に小さな字で書かれていた。

「ここも女の国だ、仕方がないな」

音二郎は舌打ちしながら看板をちらりと見た。フラワーはパリの芸術家や文化人に人脈を生かして知らせてくれた。最初、『袈裟』を上演したが、入りが悪かった。フラワーは音二郎に頼んだ。

「日本と言えば芸者とハラキリでしょう。切腹の場面を入れて下さい」

「しかし武士の遠藤盛遠は実在の歴史上の人物です。許嫁を切った詫びに頭を丸めて僧侶になるんです。これを勝手に変えることは?」

「だめです、そうしないと客は入りません。そうしなければ出演料も約束の半分にします。日本の栗野公使とかけあってもいいですか?」

音二郎が最初の渡仏の際帰りの旅費で助けてくれた栗野は公使に昇進していた。実際に彼女は、栗野に調停を頼んだ。

「川上さん、まあ、腹を切るかどうかでそんなに肩肘を張らなくてもいいじゃないか」

粟野の言い分である。

この強硬さに負けて切腹の場面を入れるとその後は大入り満員となった。貞は、次の演目『芸者と武士』で自らから短刀で喉を突くというハラキリをやってみせた。

ある日、舞台がはねてホテル帰ると貞が音二郎に言った。

「今日ね、ロダンとかいう人が私の彫刻を彫りたいと伝えてきたんだけど。その人のこと良く分からないから暇がありませんと断りましたよ」

「俺も知らないな、そんな名前は。それに絵なら持って帰れるけど彫刻じゃぁー重くてな」

ロダンが魅せられたように貞の演技は、パリ中の芸能界の話題をさらった。ロイ・フラワー劇場へはアンドレ・ジード、米国の女流舞踏家イサドラ・ダンカン、ピカソなどが足を運んだ。

ジードは、小説『狭き門』で知られる文学者だが、ロイ・フラワー劇場へは六度足を運んでいる。彼の『アンジェルへの手紙』の中で貞と川上一座をこう称賛している。

「素晴らしいのは、貞奴一人だとは言えない。一座全体が大したものだ。貞奴は絶えず美しい。絶え間なく美しい。また絶え間なく増大する美しさ」

こう讃えている。ちなみにアンジェルは、架空の友人である。

ダンカンは二〇世紀を代表するアメリカの近代ダンスの踊り手だった。『袈裟』、『芸者と武士』や『娘道成寺』で踊る姿が東洋から来た芸者とあって異国情緒をかきたてた。何度も着物を脱ぎ棄てる早変わり、そのたびに異なった人のような顔、形になる。乱れた髪が頭を振るたびに上に向かって逆立つ。怒髪天を衝くかのごとく姿に観客は息をのむ。鱗の衣装と言われる蛇腹模様のはだけた着物、狂気を映す黒い瞳と右手に握る短刀がはなつ光の渦。ロイ・フラワーの駆使した照明効果で舞台に貞の顔だけが浮かび最後に短刀で切腹する姿は鬼気迫るものがあった。『芸者と武士』の第二幕で貞が恋仇に向かっていく逆襲の場面を十八歳のピカソが描いている。

栗野公使の斡旋で八月十九日、貞たちはフランス大統領エミール・ルーペ主催の園遊会に招かれた。会場はエリゼ宮で貞が道成寺を演じた。評判通りと大統領夫妻は大変に気に入り、貞はルーペ夫人と腕を組み終演後に庭を散歩する栄誉の機会もあった。

「私たちに大統領が金色の止め針をくれたよ」

宿で貞が音二郎と贈り物をもう一度よく眺めた。

「おお、署名入りだよ、それに花束もあったな」

「庭を散歩している時に夫人から日本のことよく聞かれたけど、通訳に何をしゃべったか忘れてしまったわ。あがってしまって」

「大統領夫人と腕を組んでだろ。滅多にできることじゃないしな」

「それにしても、お客さんはどうしてこんなに私たちの舞台が気に入るんだろうね？」

「やっぱし、木版画の世界をかいま見たいんじゃーないか。今の成功で浮かれていてはだめだ。異国情緒にひかれての客入りだからな」

「言葉は通じないから台詞より踊りとかに魅かれるのかしらね」

「そうだ、身振り、手ぶりや表情、死にざまとかな」

「そうだね、ここの人が今まで見たことのない世界ですからね」

「慢心しちゃーだめだ。明日、一座の者にもこのことはよく言って聞かせるつもりだ」

実際、幕に浮世絵を使ったり小道具に掛け軸を使うなどジャポニスムに合わせた演出方法も功を奏した。道成寺と思わせる場面では、桜の木が植えられた石垣のある寺の背景が、観客に浮世絵を思い出させた。

万国博覧会は、モノの展示を基本とする。日本政府はこの万博で日本が近代国家であることを示威したかった。それで日本古来の工芸品や美術品とともに銃やボイラー、溶鉱炉などを展示していた。しかし、西洋の長い芝居にうんざりしていた地元の人々は、展示品より短時間で終わる貞の演技で浮世絵時代の日本を理解した。それに何といっても可憐な貞の舞う姿が万人を魅了した。

貞は時間が許す限り劇場へ足を運び男優、女優から学ぶようにこころがけた。ある日、ロイ・フラワーが当代随一の女優と評判だったフランス人のサラ・ベルナールを見に貞を連れ出した。終演後、フラワーが感想を聞いたが貞は演技で勝負し言葉は二の次だったのでこう答えた。歌舞伎は踊りと謡でもっている。

「こちらの俳優さんは、とても台詞をたくさんしゃべります。日本では良く動いて演技するのが西洋との違いでしょうか」

そのベルナールは、パリ中で川上一座と貞さえも認めないただひとりの批判者であった。一座の公演は十月十五日までとなっていたが、人気が出たため十一月三日の万博会期まで続けることが決まった。十一月五日には、栗野公使立ち合いの基にフランス政府より貞と音二郎に「オフィシエ・ド・アカデミー三等勲章」が授与された。打ち上げを終わって音二郎がみんなにロイ・フラワーとの契約を披露した。

「来年、つまり明治三十四年六月十六日に第二回目のパリ公演が決まった」

「えっ、また来年も来れるんですか」

「そりゃー、大変だ。家の者がどう思うか心配だよ」

喜びとため息が交錯した。

「ここにいた百二十三日のうち何回公演したと思う?」

音二郎の問いにみなが首をかしげた。

「芸者と武士が二百十八回、袈裟が八十三回、高徳二十九回など合計で三百六十九回、一日平均で三公演をこなしたことになる。みんなご苦労だった」

ねぎらった。最初の公演で金を持ち逃げされ悲惨な毎日を送ったことを思うと夢のような現実だった。こうして十一月九日にロンドンから五八三七トンの高速汽船神奈川丸に乗船した。今では、すっかり一行となじみになった栗野公使が同じ船旅の一人となった。二か月後の明治三十四年一月一日、神戸に一年半以上の旅を終え帰国した。

神戸の港と東京駅では、川上一座の海外での評判を聞いた人々で埋まる大歓迎だった。その後、大阪、神戸、東京、横浜、京都と帰朝公演をうったが評判はさっぱりだった。

「歌舞伎を否定し新派で出発した音二郎がその歌舞伎をいいように改ざんした筋書きで大入りとはな」

「向こうの連中は本当の歌舞伎を知らないから珍しさが受けたただけさ」

「売りはハラキリと踊りだけだろ。歌舞伎にとっては迷惑な話だ」

関係者のこっぴどい批評でさんざんだった。貞はこの公演には一切出演しなかった。俳優でなかった自分が日本でどの程度の力量であるかはよく自覚してたからである。

その後、一座は再度の訪欧の準備に追われた。

「今回は藤沢浅二郎と雷吉も連れていく。女性五人も含め総勢二十一名。それに演奏、衣装、調髪の係も入れる」

春めいてきたある日、音二郎が貞に一行の全容を説明した。藤沢は先回、渡航には加わらず国内で巡業していた。彼は、中江兆民が主宰する自由民権派の機関紙「東雲新聞」の記者経験があり音二郎の飲み友達、遊び仲間で早くから一座の座員になった。音二郎は、日程が混んでいたし演出をやるつもりで代役に藤沢をあてにしていた。雷吉は、例の待合い、いろはのお志づと音二郎との間にできた子供で五歳になっていた。

「雷吉を?」

「そうだ、子役で使う。船の手配を頼むぞ」

二度目の欧州諸国

「四月十日に出航する讃岐丸があるそうだから。六千トンの豪華客船だよ」

こうして二か月かかって六月四日、ロンドンに着いた。ビクトリア女王は崩御しており皇太子が国王エドワード七世に就任していた。十八日から公演したが評判が良かったので滞在が長くなり夏の終わりにようやくパリに向かった。

パリでの二度目の公演を前に音二郎が日程、演目などを改めて説明した。

「例のフラワーさんの尽力でオペラ座近くのアテネ劇場でやる。なかなか格式の高いところだ。出し物は先回やったヴェニスの商人の翻案もの、歴史ものの『将軍』に『袈裟』、『小さん金五郎』などを中心にしたい」

金五郎は日本版の椿姫である。デュマ・フイス作の『椿姫』はすでに長田秋濤が小説、戯曲も翻訳しており川上らは日本語で上演した。

「毎日、満員だねー」

座員のみんなが首をかしげるくらい三か月経った十一月十日まで大入りだった。相変わらず貞の踊りに人気が集まった。

「フラワーさんがピカソにポスターを頼んだし。何といっても着物ブームが起きたからな。悔しいけど貞のお蔭だ」

音二郎は面白くなかったが、認めざるを得なかった。

「キモノ・サダ・ヤッコという私の名前を付けた着物が人気商品だってね。何か気持ちが悪いくらいよ」

貞も困惑気味だった。

十一月十日、オランダ経由でドイツに向かった。ベルリンでは、ある晩伊藤博文と再会した。五月に四度目の首相の座を降りた伊藤は皇帝ヴィルヘルム二世と会見する予定だった。その夜、貞たちは、特上の日本酒と懐かしい本物の日本食をごちそうしてもらった。ドイツでは一か月以上各地を巡演しチェコに近いドレースデンではロイヤル・オペラ・ハウスでドイツのザクセン王国のザクセン王が観劇してくれた。

その後、オーストリア、ポーランド、チェコ、ハンガリー、ルーマニアを経てロシアのサンクトペテルブルクに足を踏み入れた。ロシア皇帝の冬期の王宮殿、冬宮殿でニコライ二世の拝謁を賜った。ここでは伯爵の息子、イヤコフ・ペレンスキーが貞の熱烈な支持者になった。毎夜の公演には必ず顔を出すしその都度、楽屋まで出向いて様々な贈り物をくれた。ある夜には、盛大な舞踏会まで催してくれたほどである。彼は、ヴァイオリンを弾くのがとても上手く、その舞踏会でも貞のためと言って一曲披露してくれた。ロシアの作曲家チャイコフスキーのヴァイオリン協奏曲のある部分だと後から教えられた。彫の深い顔、金色のまつげ、物憂い表情が特徴だった。

ロシアの青年たちの多くがペレンスキーに負けず貞に憧れた。

「何あれは？　道に外套がいっぱい並んでいるわ」

ある日、貞が公演に向かう劇場に近づくといぶかしげに首をかしげた。

「若者があなたの足跡を記念にとみんな外套を脱いだんですよ。宝物にしたいのです」

通訳が彼らがどれほど貞の舞台に感動したかを説明してくれてうなづいた。

貞の目元が赤くなっていた。

さらにイタリアに足を踏み入れたが、ミラノで作曲家ジャコモ・プッチーニが貞の踊りと演技に格段の関心を抱いた。『袈裟』の終演後、宿で音二郎が貞に話しかけた。

「劇場の演出係が片言の英語で言ったんだが、プッチーニという人が蝶々夫人の作曲をしてるんだと」

「こんなイタリアでね？」

「なんでも彼が前の年にロンドンでその芝居を見たそうだ。しかし英語だったからあまり分からなかったがそれで日本に興味を持ったそうだ」

「今日も見ていたのね？」

「ローマから我々の後を追ってきたんだと。そうだ、お前の琴の音に随分と魅かれたみたいだ」

「ああ、三幕で盛遠が踊り子を山賊から取り戻し、その子のお母さんと桜見しているところで弾いた越後獅子のこと？」

貞は琴に関してはなかなかの弾き手であった。

「それでな。お前さんに会って色々と日本の音楽のことを聞きたがっていたそうだ」

「それなら楽屋へ来れば良かったのにね」

「それがな、彼は英語が駄目だしこちらはイタリア語やドイツ語が分からないから諦めたそうだ」

滞在中にイタリア旅行中だった二十三歳の若き画家、パウル・クレーがフィレンツェで貞の舞台を見てすっかり魅せられてしまった。彼はテアトロ・ベルゴラ劇場で見た貞奴について日記の中で、

「まさにギリシアのタナグラ人形だ。彼女のしゃべる口元が可愛い。これは妖精なのか、現実の女なのか？　実は現実の妖精なのだ」

激賞している。ここで登場するタナグラとは、クレーが日記をつける二十年ほど前にギリシアのタナグラで発見された古代の粘土で作った素焼きの陶器製の小型人物像を指す。

そんな余話をはさみながら一行はイタリアを後にスペイン、ポルトガル、フランス、ベルギーを経てロンドンから七月四日、阿波丸に乗り八月十九日に神戸に帰った。貞は滞欧中〝レディーファースト〟の国々だけに音二郎から殴ったり蹴られたりされることもなく平穏な日々を過ごすことができた。

音二郎は、いつも貞が主役で内心は面白くなかった。だが日本のように亭主関白では通らないことは心得ており暴君ぶりは封印していた。

船の中で音二郎と藤沢は帰国後の一座について話し合った。

「藤沢よ、とにかくご苦労さんだったな。一年四か月で七十一都市で公演したからな。一週間に七日も舞台に上がったから休みなしだ」

「お互いによくやったよ。大成功だったしな。それで帰ってからだが、どうするつもりだ」

「こちらでやったものはできないな。また歌舞伎の改ざんものとそしられるに決まっている」

「俺は先回は参加していないが向こうではヴェニスの商人の日本版が好評だったんだろ」

「そうか、西洋の芝居を日本版にしたらどうだろう。例えばオセロとか」

「日本語のは、戸沢藐姑射山人が訳したものが雑誌の『太陽』に載っていたぜ。それを誰かに脚色してもらったら」

オセロは功成り遂げた将軍が部下の諫言により愛する若妻を殺してしまう悲劇。

「それでいこう。将軍は俺がやる。妻役はお前さんだ」

「俺が女形でか?」

藤沢が首をかしげたが、詳しいことは後日ということでその場は終わった。

帰国後、貞は奴時代に伊藤博文から水泳を教えてもらった神奈川県茅ケ崎の海辺に広い土地を手に入れた。付近は、成功した人々が保養地として別荘を建て始めていた。白砂青松の上の丘に家を建て豚やアヒル、ニワトリ、ロバ、山羊などを飼ってのんびり長旅の疲れを癒すつもりだった。

屋敷の名前は、伊藤博文が漢詩からとって「萬松園」と名づけてくれた。近くには団十郎の別荘もあった。しかし音二郎はそんな暮らしをする気はなく次の公演に向け構想を練っていた。ある日貞に、

「向こうで見たな、オセロを。あれを日本版に直してやったらどうだ。ヴェニスの商人は日本風に翻案して西洋人の好みに合わせて成功しただろ」

「今度は日本人の趣味に合わせて西洋の芝居をするわけ?」

「その通りだ。歌舞伎でもない新派でもない。どちらでもないからまさに正劇だ。俺たちには西洋の劇をするのが一番合っているんじゃないか?」

「いいんじゃーない。好きなようにしたら」

「だけどな、お前に頼みがある。若妻のデスモーナ役をやって欲しいんだ」

「それは無理よ。日本へ帰ったら演劇界には女形があり出番はないし、私は一人の女にすぎないのよ」

「そんなことはわかっている。帰りの船の中で藤沢と少しだけこの話はした。その時は彼でどうかとな思ったが?」

「それで。だめなの？」

「藤沢も言うんだが、西洋のように女の役は女優のほうがいいとな。俺もそう思うようになったんだ」

「ほかの人に頼んだら。私は金輪際やらないよ。俳優は素人だし恥ずかしいよ。あちらでは仕方なく歌舞伎まがいの踊りをしてただけだから」

「どうしてもだめか。そうしたら金子男爵に頼むしかないな」

音二郎は仲人や雷吉の件でお世話になった金子堅太郎をまたまた引っ張り出してきた。

「なー、貞さんよ。駄々をこねないで出たらどうかね」

「男爵、でも芝居はずぶの素人よ」

「それは分かっているし。音二郎から理由は聞いている。しかし君も向こうではイタリアのエレオノラ・ドウゼ、イギリスのエレン・テリー、フランスのサラ・ベルナールなど欧州の一流女優以上と言われたんだろ」

「私の踊りと彼女らの演技とは比較できませんよ」

金子は伊藤博文の側近でアメリカのハーバード大学で法律を学んだ学究肌の政治家。大日本帝国憲法の草案作りにもかかわり司法大臣を務めている。

「まあー、そう言わんでやってみなさい。うまくいけばこれから一本だちするにも役立つと思うがどうだ」
長く白いあごひげをなぜながら口説いた。

女優開眼

結局、貞は折れて明治三十六年二月十一日に明治座で開幕する正劇『オセロ』に出演することになった。脚本は音二郎が書き、室鷲郎中将は音二郎が、中将に殺される若妻、デスモーナは貞と決まった。位の高い侍の娘、鞆音役である。日本で初めての西洋劇でしかも女優の初登場とあって話題にはこと欠かなかった。原作の舞台キプロスは日本が日清戦争で得た植民地の台湾とした。暴動を鎮圧した室が総督となった筋書きである。

出ると決まってから貞は、茅ケ崎の海岸に出て台詞の発声練習に励んだ。目の前の海原を見ると五年前に短艇で太平洋に乗り出したことが昨日のように思い出された。海外での公演と違い大声を出すにはどうしたらいいか思案に明け暮れた。向こうでは、言葉は重要でなく踊り、仕草、顔の表情で観客に訴えれば良かった。この間、音二郎は東京へ出て女遊びする毎日。パリでもそうだったが、ここでも女遊びには知らぬ顔でやり過ごしていた。明日香という新橋芸者に首ったけということも知っていた。

初日には、文人、歌人、音楽家、学者など多彩な人物が顔をそろえた。森鴎外、坪内逍遥、尾崎紅葉、与謝野鉄幹、佐々木信綱、上田敏、巌谷小波、井上哲次郎、東儀鉄笛、新村出などの面々である。舞台の前列には着物姿の艶やかなそれと一目で分かる一人の芸者姿が目立っていた。

「おーい、なぜ死なないんだ。死んでくれ。頼む」

舞台は最後の最高潮の場面を迎えた。部下の諫言により貞操を疑った室が鞆音を絞め殺すところで貞がせめてもの反抗に出た。

「死なないわよ。だって私には罪がないんだもの」

これには音二郎が慌て震え上がった。このままでは舞台が終わらずめちゃくちゃになってしまう。

「頼むから、貞、死んでくれ」

「舞台の前の席にいるのは誰れ？　わかってるんだから」

「明日香だ。許してくれ」

「許すって、何を？」

「分かってるくせに、浮気のことだよ」

「だからこの場は許せないのよ」

「そうだけど。この期に及んでそれはないだろ」

「ないだろうって、あるんじゃない」

うろたえた音二郎は、

「分かった。あの女とは縁を切るから頼む。死んでくれ」

今後、よその女とも縁を切るとは言わなかったが、満員の観客を前に貞もそこまでの余裕はなかった。

「じゃー、これで」

やむなくこと切れた。

最初の海外公演と比べれば今回は一部で酷評はあったものの好意的な見方も多かった。初の西洋の芝居、女優の初登場と話題を集めたが、関心の的はやはり貞だった。身のたけ百四十八センチの小柄な分、可愛らしかった。万事控えめな仕草と美しい顔が余計に可憐さを引き立て迫真の演技で観客を魅了した。

作家の長谷川時雨は、

「たおやかな弱々しさも持っていた。柳の木がたわむような脆い美しさがあった。それが彼女の秘密である」

こんな具合に批評した。

貞はためつすがめつし踏み切った舞台で、海外で得た観客の熱い眼差しと熱狂的な思い入れが蘇った。こうしてたゆたう気持ちが吹っ切れた。

（女優として舞台に立とう）

女優として貞が開眼した。東京では毎夜、満員となりその後の大阪、神戸、名古屋も観客は大入りで応えた。六月に『ヴェニスの商人』の東京公演の後、八月に養母可免が亡くなった。生さぬ仲とは言え本当の親子のように暮らしてきた二人である。死に目に会えなかった貞は、酒をあおり悲しみで一時は半狂乱になった。しかし時間はかかったが立ち直った。

「おーい、今度はお伽ぎ芝居をやるぞ」

初秋のある日、音二郎が提案した。これは児童劇のことで児童文学者、巌谷小波が、ドイツで見聞した少年、少女のための芝居が基になっている。音二郎は、巌谷や童謡、夕焼け小焼けの作詞者である久留島武彦と相談しながら劇化を進めた。

「ドイツで見た『狐の裁判』が皮切りだ」

その後、『浮かれ胡弓』、『桃太郎』、『瘤取り』などの作品が続いた。席料を安くしたため大衆や子供たちに好評だった。『浮かれ胡弓』は、好評でその後、全国二十五か所以上も巡演し子供たちを喜ばせた。演じる貞も役者冥利につきたし、この芝居を見て後に演劇世界に足を入れる子供たちが出たくらいだ。

十一月には東京で『ハムレット』を演じた。音二郎はその間に芝居小屋のあり方についても大胆な改革に乗り出した。彼は素行の悪さと緻密な計画のないまま行動する欠点はあった。しかし現状を改めていく行動力は並大抵ではなかった。音二郎が大胆な芝居小屋の改革案を貞にぶち上げた。

「大体、今の芝居見物は、だらだら一日かけてやっている。客席では食ったり飲んだり話をしたりタバコを吸ったりだ」

「お茶屋さんが問題よ。席と座布団は茶屋を通さないとだめだし」

「そこんところを直すのさ」

「どうやって」

「芝居を四時間半くらいに短くし、入場料は三分の一にする」

「だけど長い幕間を利用して付近のお茶屋さんが食べ物、飲み物を売って儲けているからウンと言うかしら」

「大丈夫だ。我々の児童劇も西洋ものの出し物もみんな受けている。客席での飲食禁止と芝居を見にくることに徹すれば時間と金の節約にもなる。お客さんも喜ぶはずだ」

だが開演一週間前には、音二郎と番頭二人が出方達、つまり客の案内の仕事をしている男たちに襲われ怪我をする事件が起きた。しかしかなりの抵抗をはねのけこうした衝撃的な変化が実を結んだ。

公演では、電気照明のほか初めて使ったオーケストラなどが舞台を盛り上げた。貞の織江（オフェリア）は、はまり役として評判が高まった。気が狂い高楼をふらつきながらあどけない声で歌う姿を満場が凝視した。森鷗外の弟、三木竹二が創刊した雑誌『歌舞伎』は十二月号で、

「水色かかった洋服に真っ白のレースをつけて、散らし髪に草花を付け、手にも持ち、少し顔を青くして、〝お墓の上に雨が降る、雨じゃないぞえ血の涙ァ〟と哀れに子守唄を歌いながら出てきたところは何とも言えず凄い美しさで御座りました」

こんな具合に評している。あくる年の明治三十七年二月に日露戦争が勃発した。国民は、熱烈に戦争を支持し戦争基金の応募にこぞって応じた。演劇界も急遽、「戦況報告演劇」を仕立てて民衆を鼓舞、川上一座も追随した。

三十八年一月、日本軍は旅順を占領し六千人のロシア兵捕虜が四国松山の捕虜収容所に船で輸送された。収容所からあふれたものは、付近のお寺に分散して暮らすことになった。貞たちは、九月に『ハムレット』、『浮かれ胡弓』を引っ提げて名古屋、桑名、伊勢路を経て松山に向かった。

途中で現在の三重県北牟婁（きたむろ）郡紀北町海山区島勝浦で芝居をうった。島勝浦のすぐ南の須

賀利岬と久木岬に抱えられた湾奥に尾鷲の町と港がある。このあたりに鉄道が敷設されるのは、大正時代以降でそれまでは航路が主な移動手段だった。明治二十年頃から神田汽船や日本共立汽船が航路を開いていたが、明治三十三年四月二十六日から大阪商船が大阪―名古屋・熱田間の定期航路を営業し尾鷲は寄港地となった。伊勢湾から紀伊半島の各港には、大阪商船の船が各港に出入りしていた。

「七年前の恩返しをしよう」

音二郎の強い希望で辺鄙な三重県の南勢にまでやってきた。

「そうね。あの時は二人とも気を失っていて死んでもおかしくなかったんだね」

「その時の島勝浦かがここだ。色々と良くしてもらったから今度は芝居でお返しだ」

野天で電気も引けないから百目ろうそくを灯しての舞台だ。このろうそくは、重さが百匁(もんめ)、約三百七十五グラムあり頭の部分が太くお尻が細い形をしている。村の人は、ハムレットをご座の上で熱心に見た。生の芝居を観る機会はそう何度もない土地である。

音二郎はアメリカ巡業中も島勝浦へ礼状を送り感謝の念を忘れなかった。その後、岡山、広島、熊本を経て一行は松山へやって来た。

貞は、開戦以来、サンクトペテルブルクの公演のことを思い出しロシア兵を思いやる気持をいつも忘れなかった。ある日公演前の時間を利用して収容所替わりをしているお寺の

庭を歩いているとどこかで聞いたことのあるヴァイオリンの音色に近づいた。その途端、

「貞奴さん」

と叫んでロシア兵がヴァイオリンをその場に置くと抱きつき頬にキスしながら泣き出した。裸足で収容所の青い服を着てひげはぼうぼうだった。

「ああ、ペレンスキーさんよね。びっくりした」

あまりの偶然に貞もぼうぜんと立ち尽くすのみだった。

「あれからいつも貴方のことを思って忘れた日はありません。こちらへ来て一生懸命に日本語覚えました。いつか会える日のために」

「そうなの、まさかと思ったけど。寄ってみて良かった」

ペレンスキーは、両手で抱いた貞を離さずに泣き続けている。熱い吐息に思わず顔をそむけた。

「あなたがロシアを離れてからずっと忘れていません。日本に捕虜で送られる時もこれで会えるかもしれないと喜びました」

「そうなの、うれしいけど。知っての通り夫がいるのよ。あなたは独身でしょうけど」

「わかっています。でも忘れられないのです。愛は国境を越えます。戦争が終わってどちらかの国で暮らすことが出来ればどんなにいいか。いつも思ってました」

貞も涙を流して彼の心情を理解したが、そのまま受け入れるわけにはいかない。男性から初めて直情的な愛の告白を受けた貞だが、ともかくも抱擁を解いてもらうとそのまま収容所長高野大佐のところへ向かった。

「彼はサンクトペテルブルクの子爵の息子です。私は川上一座の者ですが、四年前にあちらで公演した時に大変お世話になりました」

「貴方のことは分かってますよ。町中に公演案内が張ってありますから。貞奴さんでしょ」

「それでお願いですが、彼の友達をいれて数名ですが仮釈放できませんか？　道後温泉へ行って慰労してあげたいのですが？」

「仮釈放ね」

大佐は腕を組んでちょっと首を傾げながらダメかと思ったら、

「まあ、特別に許可します。但し貴方がここへ再び連れてくるという保証人になる条件でね」

松山での舞台には、収容所の守衛に伴われ毎度ペレンスキーが花束を持って観劇した。

数日後、高知へ移動することになったが彼は自転車で一行に追いかけてきた。無論、守衛が付いている。気の毒に思って貞が彼の前に現れると手にキスをした。守衛に促されすごすごと踵をかえしたが、目には涙があふれていた。

高知に着いて夜の公演の前に一服していると、何かやかましい音がする。外に出てみるとペレンスキーとその友達が三人いるではないか。護衛の警官二人と憲兵一人もいた。

「あなたたち、どうしたの？」

「高野大佐によると、こいつが高知へ行った貞奴に会えなければ断食して死ぬとぬかしているそうだ。それで特別な計らいでな」

憲兵が事情を話した。

「どうやってここまで？」

「船を雇ってだ。本当に手間のかかる奴らだ。女が好きだとか嫌いだとか言ってうつつを抜かしている時代じゃーないぞ」

「高野大佐に言って下さい。この前と同じように私が保証人になります。必ず返しますから数日間、預からせて下さい」

一行と同じ宿に部屋を取り面倒をみて松山に戻した。戦争が終わりロシアの捕虜が神戸から帰国することになった。その際、またも折よく巡業で神戸を訪れていた貞は、チョコレートをもらった。その箱の中に二つの金塊が入っていた。彼の示した最後ともいうべき愛の形見であった。

この年から翌年の明治三十九年にかけて音二郎は、アメリカで患った盲腸炎の後遺症で度々体調を崩した。貞は、二月にメーテルリンク作の『モンナ・ワンナ』で主役の新しい女を演じ各地を公演する。この芝居は、婦人参政権運動時代の悲劇である。そうこうして明治四十年七月には、フランスへの研修旅行が具体化した。ある日音二郎は貞に計画を打ち明けた。

「今度の洋行は芝居をやるためではない。あちらの劇場を見て新しく作る劇場建設の参考にする」

「ああ、大阪に予定している帝国座のことね」

「そうだ。それとお前さんが欲しがっている女優養成学校を建てるのに何が必要かじっくり勉強できる旅にしようじゃないか」

「それは楽しみだわ。私の姪のつるも頼みますよ。将来の女優だからね」

「わかっている。女優候補はもう一人考えている。それに音楽家、大道具、小道具の専門家と通詞もだ」

「何人くらいになるの？」

「音楽家は二名だから全部で八名かな」

この頃より少し前にいわゆる正劇も含む新派は、全盛時代を迎えていた。明治三十年頃に約千六百名位だった新派系の俳優が三十六年頃には六千八百名ほどに増えていた。劇団も乱立状態でこれを危惧した音二郎は、新派各派の大合同を図ろうとした。

「新派の大合同を図る委員会をフランスから帰ってから大阪で開く手はずもすんでいるし。新しい組織ができれば川上一座は解散してもいいと言ってある」

「解散って?」

「歌舞伎は何百年という伝統と歴史があり様式もいい悪いは別として決まっている。それに比べると新派はてんでんばらばらだ。委員会で話がまとまれば劇団同士の合併もあるということだ」

「ほかの地域の劇団も賛成なの?」

「東京、大阪、京都、東海北陸など地域毎に十人の委員も決まっている。脚本の融通とか各地劇場主との連携、運営資金を貯めておくとか機関誌の発行などやることは山ほどある。俺は裏方に徹するつもりだ」

「私たちもうかうかできないね。歌舞伎もこれまでの狂言のほかに文士の新作ものの上演に力を入れ出したし」

「そうだよ。今のままだったら新派はいずれ飽きられる。人気のあるうちに改革が必要なんだ」

「今度のフランス行きもその改革と関連あるという訳ね？」

「以前、お前さんが横浜で『サッフォー』の佐保子を演じたことがあるだろ。オセロもハムレットも含めそうした翻案ものをしっかりと日本に根付かせるためにもな」

「全国の新派公演の拠点になるのが大阪に建てる帝国座なのね」

こうして明治四十年七月二十四日蒸気船、博多丸で神戸を出帆した。パリでは、女優候補が演劇学校に入り舞台装置の関係者はフランス座の仕事場で学び始めた。また通詞は、フランス語、イタリア語などの言葉の勉強を音楽家は個人教師を見つけて古典音楽の造詣を深めた。

「俺たちは俳優学校やいろんな劇場を見て回るぞ」

「私はあんたに付いていくけど、その間に音楽院に通わせて。そこで演技の勉強とか教える方法も学ぶつもりだよ」

実際、二人は毎晩のように劇場通いを続け終演後、俳優たちと話し合った。その中で俳優の地位がいかに社会的に確立されてきたか苦難の道も分かった。劇場関連を手掛ける建築家やデザイナーからは、帝国座を建てる際にどんな気配りが必要かを事細かく聞き出した。パリの俳優学校の参観では、色々と勉強になった。見学の合間をぬって喜劇『猫の声』も創作していた。

「二年制で俳優科と音楽科があるけど二百五十人の生徒のうち七割は俳優学科だったわね。丈夫であれば女性でも問題なしに入学できるからいいわ」

「教室が変わっていたな」

「十以上ある教室がみんな小劇場みたいになっていてね。どこに座るのも自由だし」

「演劇のほかに心理学や絵画、歴史、言語学なども学んでいたな」

「上の人が教え生徒が暗記するだけでなくニューヨークの学校と同じく自分でどう行動するかを重点的に教育していたわね。卒業後の身分も保証されていたし」

「卒業後は有給で二年間、国立劇場で研修でき修了後は、俳優の資格が与えられるとか言ってたな」

「日本とは大違いね」

「違いと言えば、劇場も日本とは比べようがないくらいだ」

六年前に音二郎が訪れた時に三十くらいだった劇場数が百五十ほどに増えていた。その中でも定員が五百席内外の中小劇場が最も多かった。

「第一に気が付いたが、警官席がないんだ。誰も芝居の中身に文句を付けない。それに夜中の十二時を過ぎても問題ない。立見席がないし升席もないからお客もおしゃべりもない」

「客席での飲み食いもないわね。煙草を吸うのもみんなロビーだったわね」

「そうだ、俺たちは、これだけのことをやるのに十年以上前から苦労しているんだけどな」

「お客さんが日本で言えば、近所のおばさん、おじさんみたいな人もいっぱいで身分の上下がないのに感心したわ」

初期の目的通り音二郎ら一行は、大きな収穫を得た訪仏だった。お忍びの滞在だったが、雑誌『フェミナ』が十一月号で伝説の東洋のヒロイン、貞奴の特集記事を組んだ。この裏には、同誌の記者が粟野公使をせっつき貞との会見を取り持ったいきさつがあった。これを見た有名な女優のレジャーヌが、自分の持つ「レジャーヌ劇場」での公演を再三再四、頼み込み実現した。『紅葉狩り』と『芸者と武士』を上演したが、相変わらず貞の踊りと鬼気迫る死に際に激賞の渦だった。

あくる年の一月三十一日、日仏同盟の締結を受けてフランス公使館が大使館に格上され粟野大使が、同時に男爵にもなったのでこれを祝い盛大な祝賀会が行なわれた。

「おーい、貞、粟野大使から祝賀会で何かやってくれとのお達しだぞ」

「大統領のアルマン・フェリエールさんという方もいらっしゃるとか聞いたけど」

「そうだ、招待客は二千人とか。お前が現れるかもしれないと評判になっているようだ」

音二郎が選んだのは、『紅葉狩』と喜劇『猫の声』という喜劇。紅葉狩は、九世団十郎が振付をした舞踏劇で音二郎が維茂を貞が更科姫、変じて鬼女を演じた。帰りはブリュッセルとアムステルダムにより明治四十一年五月十二日、神戸に入港した。

革新興業

明治四十一年五月、フランス視察から帰った音二郎と貞は、早速、懸案の課題に取り掛かった。

「貞、俺は革新興業をやるぞ」

「革新興業ってどういうこと」

「要するに良い芝居を安く誰でも見られるようにすることだ。特に子供たちにもそういう機会を作りたい。そのためにも大阪の帝国座を早く完成せねばな」

「東京では去年の五月に帝国劇場が着工してるでしょ。うちのほうは遅れているけど大丈夫かしら」

「二年後の完成は間違いないようにやる。それよりお前のほうの女優養成所の創立はどうなんだ」

「あなたの助けもあって創立発起人に渋沢栄一さんら五名が決まった上に帝国劇場から

設立賛助金五百円と援助金も毎月百円出ることになったの」

「そりゃー良かったな」

「日本では女性が舞台に上がることが売春と結びついていると思われる現状を変えなくちゃーね。海の向こうの女優は学問、教養もあり世間から認められているから早くそうしたいの」

貞は、ニューヨークやパリで見学した俳優学校に刺激され、とりあえず帝国女優養成所を東京・芝桜田本郷町に設立する準備を進めていた。発起人の渋沢は財界の大御所、それに大倉財閥の設立者である大倉喜八郎、三井物産創始者益田孝の次男益田太郎、麒麟麦酒会長を務めた田中常徳と桃介の面々であった。帝国劇場の創立者は、渋沢、大倉、桃介らで、資本金は、百二十万円、東京の丸の内に明治四十四年春の竣工を目指していた。この創立発起人を決める際に桃介と貞の約二十年ぶりの再会があった。ただお互いは仕事上と割り切っており私情をはさむ余地はなかった。

九月十五日に女優養成所の開所式で渋沢が祝辞を述べた。

「日本では俳優をこれまでさげすんできた。しかし近年こうした社会的な障害が壊れてきている。例えば福澤桃介や大倉喜八郎みたいな、いやしい生まれの商人が社会の上層で影響力のある地位に上ることができるようになった。帝国女優養成所は、商人が成し遂げたようなに俳優の職業を社会の中で高めることを可能にするであろう」

渋沢の言いたかったのは、これまでさげすまれてきた職業に商人、婦人、俳優がある。そのうち商人はどうやらはい上がってきたが、婦人、俳優はまだだ。その婦人が俳優になろうというのだから我々を見習って相当に頑張ってほしい旨の激励であった。このような温かい励ましの言葉にも拘らず世間の目は貞に対する誹謗、中傷に明け暮れた。

入校の条件は厳しかった。高等小学校を卒業程度の学力を持ち満十六歳以上、二十五歳以下。修業年限は二年、但し月謝は無料であったが、卒業後二カ年は帝劇もしくは養成所の指定する劇場に出演することを義務付けていた。

開所式の後、貞は音二郎に愚痴をこぼした。

「ひどいわね。養成所を阿婆擦(あばずれ)収容所と呼ぶ新聞もあるのよ。予想を超える百人の応募者があり十五人に絞って厳選しているのにね」

「わかっちゃーいないんだ。あいつらは。身持ちの悪い女か芸者くらいしか来ないと思いこんでいたんだろ。卒業後二年間、指定劇場での研修期間を設けたろ。それを芸者置屋と同じで少女を食い物にすると非難する雑誌も見たな」

「森律子って子が来たのよ。跡見高等女学校卒業でお父さんが衆議院議員だそうよ。お父さんの肇さんは芝居をやる決意を見せるため長い髪をバッサリ切らせたそうよ」

「俺も知ってるよその子なら。なんでも女学校の同窓会から恥になるとして除名されたし、第一高等学校に在学中の弟は姉の恥ずべき職業を級友から嘲笑されるのが嫌で自殺したというじゃーないか」

帝国女優養成所は、翌四十二年七月に帝国劇場付属技芸学校となり四十四年二月帝国劇場の完成後は、学校卒業生による女優劇が名物になった。貞は、この年の六月革新興業の取り組みの一つとして明治座で『芸者と武士』を演じた。

「おい、貞、二月十五日に帝国座の幕明けができるぞ」

四十三年一月のある日音二郎が外出先から帰ると大声で報告した。

「ようやく革新興業の根城ができるのね。良かった」

「内部は大体できてきた。客席は円形で声の通りが良くなる。二階、三階もコンクリートをうち下足のまま入場できるようにした」

「フランスでみたテアトル・フランセを手本にするとか言ってたけど」

「大体はそうしたつもりだ。舞台を広く取り奥行きを深くしてな。天井を高くして道具を吊り上げるように工夫したんだ。幕間を短くしてお客が退屈しないようにしたし。入場料も安くする」

この頃は、音二郎と貞との間で穏やかな会話ができるようになった。以前のように気にくわないことがあるとすぐに殴ったり蹴られるような暴力沙汰がなくなってきた。アメリカで患った盲腸炎の後遺症で体力的に優れない日々が続き気力も萎えたことも影響していた。

大阪市の船場北浜に建設した帝国座は、大阪で初めての西洋式劇場で煉瓦造り三階建てアーチ型の入り口が三つありその上がバルコニーになっていた。客席は、約千二百で帝国劇場の千九百席と比べると中規模の劇場であった。

三月一日から一般公開したが建設費四十万円の大半が借入金だった。それで初日から高利貸が勘定場で待っており売り上げの中から巻き上げていく始末。音二郎の行動力と勇気は人一倍だったが、何しろ理想に走るだけで経済観念が全くない。入場料は、大劇場の半額だったから前途多難が予想された。その尻拭いが全部貞のところに回ってきた。

「六月から日曜日毎に小学生を招待してお伽芝居をやりたいんだけど、いいかしら」

開場以来、大人向けには『天の岩』、『巴里の仇討ち』などを演じたが、念願の子供を対象とした児童劇にも力を入れだした。

「いいだろう。どうせやるなら大阪全市の小学校児童を招いたらどうだ」

「私がフレッドという少年をやる『浮かれ胡弓』が受けると思うわ。乞食、実は魔神からもらった胡弓でみんなが踊り出す、あれよ」

事実、『浮かれ胡弓』は好評で普段、芝居に縁遠かった子供たちに与えた影響は大きかった。九月になると帝国座付属俳優養成所を創設する。それに先立つ五月に大逆事件が起き、八月に日本は韓国を併合し朝鮮総督府を置いている。

十月二十六日、伊藤博文が暗殺されたという彼女にとっては悲報が届いた。満州のハルビン駅頭で韓国の社会活動家の安重根によって射殺された。日露戦争後、日本は韓国を植民地化した。博文は、初代韓国統監として三年半を京城で過ごした。彼は、南山の緑泉亭を官邸として日本から愛妾を連れてゆき連日のように宴に明け暮れたという。

第四章

桃介、電力事業へ

大井ダム全景（関西電力提供）

桃介喀血の後

ここで日清戦争時に外国から借りた石炭輸送船の引き渡しの際、甲板上で喀血し療養した桃介のその後をたどろう。

貞の結婚話は新聞紙上で知った。壮士芝居をやる川上音二郎と聞いてちょっとびっくりした。役者は河原乞食とさげすまれ別世界の人々。人気抜群の芸者、貞が選んだ結婚相手としては意外だったが何事にも挑戦的な貞らしい選択だと納得した。

（それに今や俺も妻と二児の子を持つ父親だ）

とあきらめるしかなかった。

明治二十九年春頃には、すっかり治って福澤諭吉の屋敷内で保養する日々が続いた。諭吉の日課として朝の散歩が有名であった。毎日、早朝から三田界隈を一時間ばかり散歩するこれに寄宿生らが加わり近所の名物だった。ここで桃介は事業上で終生の友ともいうべき松永安左衛門に出会う。

「俺はな、株の話だが千円の元手で十万円儲けたぞ」

「ええー、十万円も。私は全然だめですが」

「しーっ、声が高い。先生に知られた大変だ」

安永は、桃介よりも八歳年下で長崎県・壱岐の商売屋の息子で慶應義塾に在学していた。その後、桃介の紹介で日本銀行に入った。

翌明治三十年、諭吉の甥で三井銀行専務の中上川彦次郎が、浪人の桃介を心配して王子製紙の株を買わせ取締役として入社できた。一年たったある日のこと興津で因縁のあった井上馨が不意に工場見学にやってきた。専務の藤原雷太が不在のため案内役が桃介に回ってきた。

「君、最近のパルプの原料価格はいくらぐらいかね」

「さあー?」

「新聞用紙や上質紙とか主だった製品の名前と利益率の高い品は何か」

「ちょっと分からないんですが？　まだ入って間もないので」

「そんな馬鹿な。それで重役が勤まると思っているのか」

かんかんに怒った井上は、設営されていた接待の席にも出ず帰っていった。

これが基で桃介は二年で王子製紙を辞めざるをえなかった。桃介は、明治三十二年に丸三商会を作り貿易に乗り出した。養父の諭吉が二万五千円も出資してくれた。これも可愛い娘のためである。ある日、桃介が松永を呼び出して、

「お前さん、日銀なんか辞めて私の会社へ来ないか。神戸と小樽に支店出す。月給取りより自由に何でもやれるぞ」

「はい、私も総裁の秘書だとあなたがおっしゃったから入りましたが。営業部為替課でしょ。ちっとも面白くないから。いいですよ。辞めます」

たちまち話はまとまり桃介は、

「神戸支店長を命ず」

新入社員の安永に辞令を渡した。仕事の内容は、桃介の北海道時代の人脈を生かして木材の輸出などを手掛けて商売は順調に進んだ。そうなると遊びも盛んになって酒は飲むし花札、芸者遊びと夜の生活も派手になった。妻の房が、欲求不満となり諭吉に愚痴をこぼすことが多くなった。諭吉は内心苦々しく思っていたが、桃介が再び株に手を出していることも耳にしていた。

暫くすると大きな商談がまとまったとの吉報がアメリカから飛び込んできた。

「アメリカの商社経由で二十万円の木材輸出まとまる　福澤」

「おめでとうございます　安永」

本社と神戸支店との間の電報のやり取りが続いた。現在で言えば二億五千万円程度に匹敵する大型の商談である。折よく神戸への出張が組まれていた桃介が六月初旬に神戸で安永と祝杯をあげた。

「アメリカン・トレード・カンパニーがロシア政府と鉄道用の枕木輸出の話をまとめそ

の下請けに選ばれたのさ」

「流石、桃介さんだ。前渡し金も入るんでしょう」

「間違いない。そうすれば今までの投資金の回収できるしな」

取引銀行の三井にいる専務の中上川は諭吉の甥だ。三井の貸付課長は慶應出身者。諭吉の婿という立場は嫌でしょうがないが、何かと桃介を見る世間の目は高い。桃介は、知らず知らずのうちに己の力を心得違いしているのに気が付かなかった。神戸から帰ると支配人が青い顔で訴えた。

「アメリカン・トレードが前渡し金は渡せないと言ってきました。それに三井銀行も融資を断るとも」

「何、そんな馬鹿なことがあるもんか」

「なんでも東京興信所の調査書で信用ゼロとなっているのが原因だそうです」

「何を言っているんだ。興信所の所長は慶應の同窓生だろ」

頭に血がのぼってしまった桃介は、気が付かなかったが最近の乱行に業を煮やした諭吉が各所に手を廻しすえたお灸の結果であった。間もなく三田邸から呼び出しがあり諭吉から大目玉を食った。桃介は、そのまま家を飛び出し新橋駅に向かったが下りの最終列車は出ていた。やむなく駅前の旅館に泊まり翌朝、神戸行きの特急「燕」に乗った。松永と善後策を相談するためである。ふつふつと自殺願望がわいてくる。夕刻に名古屋に近づくと街の灯が恋しくなり途中下車し翌日、再び列車に乗ったが大津を過ぎる頃に何か生あたたかいものが喉元に広がった。広げた大型のハンカチが見る見るうちに真っ赤に染まった。京都で下車し同志社病院に入院した。そこへ電報を見た松永がかけつけた。

「松永、お前これからすぐに義弟の捨次郎さんを尋ね俺が福澤家とは縁を切ると伝えてくれ」

捨次郎はアメリカ留学時に世話になった諭吉の次男である。

「突然に何ですか？　訳が分かりませんが」

「訳などどうでもよい。何が福澤家だ。くそくらえだ。房とは離縁する。俺は岩崎姓に戻るぞ」

「でも、大将。私にはさっぱり……」

「聞くな、理由なんかどうでもよい。俺は何度も自殺しようと思いながらここまで来たんだ。名古屋で降りて顔見知りの芸者と無理心中をしようと思ったが断わられた。大津あたりで列車から飛び降りようとしたら車掌に止められるし。東京へ着けばわかる。話している時間が惜しい。お前が来てからもう四十分も経っているぞ。すぐに行け。行かんか、早く、俺は気が狂いそうなんだ」

自分で喋りぱなっしなのを棚に上げものすごい剣幕で怒鳴り散らす。松永は、そそくさと退散し東京で捨次郎に会い、事の顚末が分かった。しかし妻の房は、離婚に反対し義母のお錦も同意しなかった。お錦は、桃介を運動会で見染めた結び役でもあった。結局、離縁話はなかったことにしその代りに三田の屋敷から独立した住まいを見つけることで決着した。

明けて明治三十四年、西暦で一九〇一年一月、貞が渡欧米公演からから帰国し四月に再渡欧した年でもある。福澤家では、諭吉が一月二十五日に脳溢血で倒れ二月三日に帰らぬ人となった。その後、丸三商会は倒産、桃介は、回復しかつての上司井上角五郎の世話で七月に北海道炭礦汽船に復帰する。一方、松永は、桃介からもらった軍資金五百円で神戸に福松商会を設立し九州炭の販売に乗り出した。

桃介が北炭に復帰して間もなく販売主任の大久保大次郎が桃介を下出民義に引き合わせた。下出民義は、大阪・岸和田の出身で十五歳の時に四等助教で小学校に十年余り勤めた。小学校の校長をしていた時に同僚の父親が経営する石炭商を手伝ううちにこの会社に入った。ある時名古屋紡績支配人の桑村一邦が会社を尋ね、

「伊勢で石炭出るそうだが掘らないか」

持ち掛けられ来名し、名古屋紡績関係者らと協議するうちに石炭掘りはさておき、石炭

商を起業する気持ちに傾いた。やがて設立資金三千円借用のめどがついた。明治二十二年八月二十四日のことである。彼は、九月愛知郡熱田内田町に個人経営の愛知石炭商会を開業した。その後この商会は、北炭から石炭を仕入れ名古屋や桑名の紡績会社などに納めることになる。下出は、桃介より七歳年長である。

桃介が会社復帰して仕事に慣れたと思った時分に、松永の福松商会が愛知石炭商会といざこざを起こした。松永と下出はまだ面識がなかった頃である。

「何だと。松永が桑名紡績に石炭を売るということか。伊勢の方面は下出の商圏じゃーないか」

部下の報告を聞いて桃介は怒った。

「そうなんですが、四日市の石炭屋が桑名紡績へ売る手はずを整えて福松商会へ持ち掛けたんで話がややこしくなったんです」

「そりゃーそうだ。両方ともうちの石炭だしな。松永は大阪や九州で売っているとばかり思ったが、何を考えているんだ」

商習慣からして間違っているのは松永である。しかし松永が謝罪する前に下出がいち早く和解を申し出て一件落着。雨降って地固まると言おうかこれを契機に三人の仲が深まっていく。下出は、後年、名古屋に東邦学園を設立し東邦高等学校、愛知東邦大学が生まれている。

明治三十七年二月、日露戦争が始まり翌年九月、ポーツマス講和条約調印となった。日本の勝利となって賠償金目当てもあり株価は上昇を続けた。桃介は、三十九年十月に北海道炭礦汽船を辞め再び株式投資に乗り出す。桃介の株式に関する哲学は次のようである。同じく株の売買が好きな松永にいつも言って聞かせた台詞である。

「株の上がるのはちょうどビールをコップへ注ぐようなものだ。注ぐと泡が盛り上がって高くなる。その盛り上がったところが高値だが、すぐに泡がなくなって水になってしまう。だから泡が盛り上がらないうちに買わねばならない。泡ができてから買っては儲かるものではない」

「へえー、成程ね。泡にならないうちにね。でもその泡が盛り上がるかどうかの判断がねー」

松永が少し首をかしげながらうなずいた。

「だから俺は見当をつけた会社の株価の高値、安値の動き、重役の人物評価、時事ニュースなどを徹底的に調べる」

「確かに良く勉強してらっしゃる」

「それにな、松永、株の相場に執着は禁物だぞ。いつでも見切りよく転換に心がけないと失敗する。一度に全部掬い取ろうと思ったらだめだ。潔く見切るところに転換の妙があるんだ」

「でもねー。下がり始めるとなかなか売る気がしないし。どこまで下がるかの見極めが大事なんですね。それが難しいですよ」

桃介は日頃の研究のほかに売りから買いへ、買いから売りへの第六感が並外れて鋭かった。明治四十年二月になると株価は、じりじりと下がり始めた。これをどう見るかによって地獄行きか天国行きの川かの分水嶺となる。松永ら親しい友人に対して呼びかけた。

「株は下がる。俺は売りに回るぞ。君たちも用意しろよ」

しかし他の株成金たちは、今は一時的な下げの局面で買いの時期だと応じなかった。四月になると大暴落を迎え大勝ちしてきた投機者たちにとって桜散る無残な春となった。松永とて例外でなく、すってんてんに成った揚げ句借金まで抱える始末。

桃介は、日露戦争後の株式の高騰で二百五十万円を超える儲けがあったとされる。日本銀行によれば明治四十年の企業物価基準指数は、〇・六三二に対して平成二十六年の同指数は、七三五・四。これを基に二百五十万円に平成二十六年の指数を掛けその値を明治四十年の指数で割ると現在の金に換算して約三十億円の利益ということになる。こうして彼は、数少ない〝株成金〟の異名を取ることになった。この金で義父諭吉が買っていた東京・渋谷の上智に本宅を建てた。敷地の名義は妻の房で広さは、五千坪（一万六千五百平方メートル）と広大だった。

桃介が、株で大儲けしたという噂が広がると投資話がわんさと舞い込んできた。日清紡績の設立に参加したほかに佐賀・広瀧水力電気、東京地下電気鉄道、帝国人造肥料、高松電気軌道、豊橋電燈、瀬戸鉱山、泉尾土地、北海道の農場などの株主や設立発起人になった。

話は少し逆のぼるが、明治三十九年五月のある日、下出民義のところへ桃介から問合わせがあった。

「愛知県知多郡半田町にある、加富登麦酒という会社の株を買おうかと思いますがどうですか。この三月に札幌麦酒など三社が統合してできた大日本麦酒社長の馬越恭平が、買占めようとしています。それでこちらは根津嘉一郎と組んで先手をうつつもりです」

後日民義からの返事である。

「ああ、いいと思います。その会社は、中埜酢店という酢の醸造会社の持ち物でカブトビールを作っています。赤れんがの建物でドイツ仕込みのビールがなかなか人気があるようで。明治三十三年のパリ万博では、金賞を受賞しています。関西地方では、キリン、アサヒ、サッポロの銘柄を圧倒するほどの売行きです」

根津は、東武鉄道の再建で知られ鉄道王といわれた財界人である。早速二人で株を買占めたが、途中で根津と意見があわず、桃介は持株を手放した。それで経営は、根津が担うことになった。その際日本第一麦酒と社名変更した会社は、昭和八年に大日本麦酒と合併し消えた。

他日、下出が提案してきた。

「名古屋電燈の株式の取得ができますが、いかがします？」

「名古屋の電気の供給会社ですか。何か訳でも？」

「名古屋電燈が東海電気と合併するので増資をするんですが。五千株を引受けることになっていた株成金の鈴木久五郎が暴落で引き受けられず、誰か肩代わりする人を求めているんです」

「下出さん。有難い話だが、ご承知の通り私は今色んな事業に手を出しており何を専業としようか迷ってるんで。今回はちっと乗るのを止めますよ」

この頃、桃介は、株式投資という虚業から会社経営の実業へ転身するについて何をするのか決めかねていた。明治四十一年二月になると三井銀行名古屋支店長の矢田績と下出が上京し三者の話し合いが始まった。矢田は、支店長会議を利用した出張であった。矢田は慶應の先輩で桃介とは親しい仲だった。福澤諭吉が創立した日刊新聞「時事新報」の記者を振り出しに神戸又新日報、兵庫県勧業課長、山陽鉄道輸送課長、神戸電燈勤務を経て三井銀行入りした異色の経歴の持主。

「下出さんと相談したんだが、名古屋電燈の株を買ったらどうかなと」

「ああー。去年話のあった会社ですな」

「そうです。会社内で株主の対立があるようですが、名古屋で一番有力な水力発電の会社です。将来性はあります」

下出が付け加えた。

「私も今までの投資先は、佐賀とか岡山、北海道、高松など地方ばかり。名古屋は大きな都市だし発展性はあるだろうと思う」

桃介は興味を示しながら、

「もう少し勉強させてくれませんか」

自分の気持ちを整理する時間を求めた。

ここで名古屋電燈の由来と、この頃の経営状況に触れておこう。明治維新の改革により、旧藩士は禄がなくなり生活が窮乏した。旧尾張藩士も例外でなく起業の一つとして政府の勧業資金十万円を基に実業家と共同で明治二十年九月、日本で二番目の名古屋電燈会社が産声をあげた。明治二十二年十二月に送電を始め点灯戸数四百戸余、電柱の数は三百九十一本であった。ちなみに本社は、現在の電気文化会館（名古屋市栄二―二―五）の所にあった。

この年の秋口になって下出、矢田、桃介は再び名古屋電燈の件で話し合いの場を持った。

「最近、株主の一人八木元三ほか八十五名が明治二十六年から四十一年までの業務の状況を調査するよう名古屋地方裁判所に申請したんです。この間の発電量の増加に対して営業収入が見合っていないと指摘しましてね」

矢田の話によれば裁判所は、十一月になって矢田績、弁護士の大喜多寅之助、山田豊の三名を検査役に選任する意向で打診があったという。

「十一月と言えば近々ですな。結果はまた聞かせてもらいましょう」

桃介はそう言いながら考え抜いた結論を切り出した。

「貴方たちにこの前に言われて以来、名古屋電燈の投資のことは考えてきましたよ。ほかの事業だが、まず紡績は工女を虐待する。製糸は蚕の蛹を焼き殺したり煮殺すので生あるものに無慈悲だ。鉄道は国有化の時代だし。それに比べると電気は、ストーブで温めることができるし電車の動力源にもなる。自ら動かない機械に命を与えることもできる」

一気か成にしゃべり顔が少し上気してるかのようであった。

「福澤諭吉先生の水力発電に関する論説は知ってますよね」

矢田が話に入った。

「ああ。それが刺激になったんです。明治二十六年五月の時事新報の社説でしょ。読みましたよ。西洋諸国で水力発電の発達と遠距離の送電が成功していること。山高く水多い日本は水力で発電する絶好の条件にある……の内容でしたな」

「じゃー。いよいよやりますか」

下出が頃合いを見て合いの手を入れた。日清、日露戦争を経て桃介は、人の命のはかなさを実感した。事業の継続のみが人間の生命を永久に伝えるものだと悟った。虚業を辞めて事業を、すなわち電力を終生の仕事にし〝限りなく生きる〟道をようやくのことで見出した。

名古屋電燈を買収へ

「お二人にお願いします。名古屋電燈の株を手に入れて下さい。私は貧乏人の家に生まれたから富者に対する反抗心が強い。金持ちになって金持ちを倒してやろうと実業界に出ます」

ここで一息入れて、

「ところで昨年、名古屋電燈の株はいらないと言っているから、今回は見合いで断った嫁の候補を再び見直すことになりますなー」

桃介の一大決心の一部始終が三人の笑いの渦中に消えた。

一方、株暴落で全財産をすった僚友松永のその後だが、大阪で借金取りを追い払いながら再起を図っていた。彼にとって何といっても頼りは桃介である。明治四十一年になって福岡市内を走る電気鉄道を敷設する話が持ち込まれ、これに桃介を引っ張り込んだのである。

「大将、二年後の四十三年に九州・沖縄八県連合の共進会が福岡城外で開かれるんです。それまでに福岡と博多の間を結ぶ電気軌道を作る話があります。どうですか？　今東京や大阪で大きな事業と言っても三井、三菱がいますし。地方で一旗揚げ都へ上るのも一つの手ですよ」

「電車が走る話だね。聞いたことにしておこう」

あまり興味を示さなかった。ところが四十二年になると申請が認可され八月に福博電気軌道が創立総会を迎えることになった。

資本金六十万円だったが、いざ投資となると東京の投資家らが次々と降りた。桃介も渋った。

「この前、日清紡績で売りそこない損をしたしなー。今は投資したくないな」

ここで慌てたは松永である。

「困りますよ。福岡市との契約で不履行の場合は五万円の罰金を払うことになっているんです。それに私の面目が丸つぶれでこれから九州で仕事もできなくなりますし。なんとかお願いできませんか」

「それくらいの罰金なら払ったほうが安くつくんじゃーないか」

「そう言わないで。私の顔を立てて下さいよ」

「そうか。そこまで言うのなら。あんたのために損をしよう」

やっと踏ん切りをつけて桃介とある富豪が二千株ずつ十万円を出し桃介仲間で過半数を握った。筆頭株主は桃介で社長、松永が専務になった。この会社から後の西日本鉄道や九州電力が生まれる。ある富豪とは、福澤捨次郎と仲の良かった三菱財閥岩崎弥太郎の子息岩崎久弥である。

「捨さんの弟だから悪いことはすまい」

岩崎の弁である。

（相場師の私に公然たる後ろ盾はできないからと、懐かねを出して桃介名義で投資してくれ助かった）

岩崎はこの後も資金面で桃介を助け続ける。創立総会を無事に終わった福博電気軌道は、十月に箱崎から県庁前を通って今川橋に至る延長八千メートルの敷設工事に取り掛かった。明けて明治四十三年三月に路線の敷設が終わった。わずか六か月間の工期で終えたのは、松永の奮闘によるもので桃介はたまに顔を出す程度であった。明治四十四年三月、福博電気軌道は、桃介が顧問をしている博多電燈と合併、博多電燈軌道となった。この会社が、松永が設立した九州電気と四十五年六月に統合し九州電燈鉄道になる。この会社の電灯部門が後の九州電力、鉄道部門は西日本鉄道に発展する。

さて名古屋地方裁判所による名古屋電燈の経営内容の検査の件だが、年を越しての調べで何も不正がないことが分かった。これに勢いを得て下出が四十二年二月から桃介名義で株の買い占めを始めた。三月二十七日に名古屋電燈の株式名簿に初めて福澤桃介の名が登場した。そして六月末には五千三百九十株になった。この頃、桃介は、名古屋の地理が、木曽川の恩恵を受ける利便さを持ち合わせることを知らなかった。ましてや名古屋電燈の競争相手として名古屋電力があることすら念頭になかった。

明けて四十三年一月の定時株主総会で桃介は取締役に選ばれた。彼は、総会後に慰労の宴を張り下出をねぎらった。

「色々とお世話をかけますなー。貴方でないとできない仕事ですからな」

「全株式数が十万五千株で浮動株が少ないから苦労ですが」

「乗りかかった舟だからなんとかお願いしますよ」

「お金のほうは大丈夫でしょうね」

「ええ。国がこの前三菱が持つ東京と青森間の鉄道を国有化したでしょ。それで鉄道を売った岩崎久弥さんのところには金が有り余っているんだ。それを資金にするから大船に乗ったつもりで。大丈夫ですよ」

この通り話は進み下出は、六月末までに一万二百株を取得。桃介は突然筆頭株主に躍りでて常務に選任された。名古屋電燈には、社長がいなくて創業以来の経営者である常務三浦恵民とともに会社を取り仕切ることになった。ここで驚いたのが名古屋電燈の株主と名古屋財界人たちである。

「福澤桃介っていう名前はよく聞くが、何でも相場師で名をあげたんだろ」

「何にでも投資をするが、危ないと思ったらすぐに逃げるそうな」

「一万株も買い占めてどうやって元を取るんだろう」

経営を差配することになった桃介にとって、差し当たりの課題は名古屋電力との合併問題であった。下出と矢田が三十九年創立の名古屋電力について解説した。

「名古屋財界の大物、奥田正香が社長、渋沢栄一が相談役と役者はそろっています。岐阜県出身の兼松熈（ひろし）という財界人が色々工作していました。資本金も四百三十二万円とうちの会社の約二倍。さらに木曽川の八百津に出力一万キロワットの八百津発電所を建設中です。木曽川筋にありますから別名木曽川発電所とも言っています。これもわが社の長良川発電所の二倍の能力になります」

下出があたかも名古屋電力の社員になったみたいな口ぶりで強敵ぶりを強調した。矢田が続けて、

「さらに湿度が高い日本では無理だと言われた高圧送電をするための鉄塔を建てるはずです。ただ最近、工事が八分で止まり出したと聞いてます」

「何が起きたんだろうね」

桃介が膝を乗り出した。

「もともと地盤が良くないところで落盤、土砂の崩壊に加え木曽川の出水で工事場所が埋没したり大変で工事資金が底をついたらしいんです。いわば死に体ですな」

「本来ならばこちらが吸収されてもおかしくない会社ですね。矢田さんの言うように資金繰りがつかないようなら今が合併を申し入れる絶好の機会ですな」

桃介は、独特の勘で株と同じく今が買いの時期とみた。早速奥田との直談判も交え七月二十一日に名古屋電力との合併の覚書きをまとめた。下出と矢田は、両者間の合併に色々

と立ち入って斡旋に勤めた。今後の会社運営について桃介は両人の意見を聞いた。

「この際、定款を変えて重役数を増やそうと思っていますがどうでしょうかね。新しい血で経営の刷新を図ろうと思いますが」

無論、二人は賛成した。桃介の案は、取締役十名、監査役七名であった。これに対し桃介に反対派の株主たちから異論が出た。桃介色を少しでも薄めるためにそれぞれ八名と六名の対案が出て八月二十六日の株主総会で決選投票が行なわれ、三万九千六百八十と賛否同数となった。定款によれば議長を務める桃介に採決権があったが、敢えてそれをせず両者案を足して二で割った取締役九名、監査役六名とした。また実行は冷却期間を置き十一月とする妥協案をまとめた。できる限り波風を立てないように苦慮した結果であった。常務在任中、桃介は、火力より水力発電の重要性をいつも口にしていた。この頃は送電技術が発達しておらず電気の消費地に近い所に発電所が置かれた。従って火力が中心になっていた。

桃介に言わせると、

「石炭、石油は有限だ。これに比べて水力は非常時でもなくならない。活用すべき資源は水だ。しかし水力発電には、名古屋電力が八百津発電所建設で挫折したように初期投資段階で巨額の資金がいる。これに対し銀行は短期回収だから困る」

機会あるごとに官庁や金融関係者に説いて回っていた。在任中に木曽川と長野・岐阜・愛知県を流れる矢作川の水利権の取得に努力していた。こうして迎えた十一月になったある日、久しぶりの下出、矢田との懇談会で桃介が切り出した。

常務を辞任　木曽山中へ

「合併と定款変更の際は、お二人に大変にお世話になりました。そのあとの私への中傷というか揚げ足取りと言おうか、嫌なことばかり耳に入ってきます。私が会社を乗っ取ったとか金はどこから出ているだろうとかの詮索がかまびすしいし。中京地区の発展のためにその基幹となる電気をおこそうと日夜苦労しているのに、私の努力を認めてくれる人が少ない。それでもう嫌になったから常務を辞任しようかと」

地元の経済界と接触のある二人だが、両人とも元々名古屋に縁のある人ではない。定款変更でもめた後遺症で桃介の言うような耳障りの声も確かに聞こえてくる。言い出したら聞かない桃介のことだ。

「それでこれからどうするつもりですか?」

二人が思わず同時に聞いた。

「木曽の山に入ろうかと思っています。草鞋(ワラジ)を履いて案内人をつけて、川から谷へ谷から川へ歩き廻ろうかと。健康も回復したし歩くのは苦になりませんから。かねてから思っていた水力の大切さを確かめられるいい機会ですよ」

桃介が、名古屋電燈入りしたのは下出と共に矢田の手引きによるところが大きかった。矢田は、大正十年に三井銀行を退職すると十一年春から名古屋市東区橦木町に住みついた。矢田は、名古屋の「大久保彦左衛門」と呼ばれ名古屋財界のご意見番として知られる存在になった。自宅を開放し応接間には、桃介派、反桃介派に属さない財界人、文化人、新聞記者などが集まり情報交換をした。この集まりは、「橦木町倶楽部」と呼ばれ今でいう異業種交流の場となった。それ以降、矢田は桃介とは一歩距離を置く間合いの活動を続けた。

長野、岐阜、愛知、三重の四県にまたがって伊勢湾に注ぐ木曽川は、総延長二百二十九キロメートル。源流のあたりは味噌川と呼ばれ長野県木曽郡木祖村の標高二千四百四十六メートルの鉢盛山南方を水源とする。それからかなり下ると御嶽山から流れ来る王滝川とさらに中津川では付知川と美濃太田付近では飛騨川と合流し伊勢湾に流れ着く。

木曽の森林と清冽な川が今も残されているのは、元和元（一六一五）年八月、木曽山川が江戸幕府から尾張藩祖、徳川義直の所領に移されたことが影響している。尾張藩は江戸時代前半に乱伐された森林資源の保護に積極的に乗り出した。山から切り出した木材は、筏で木曽川を流し名古屋、桑名へ運ばれた。良質な木材を利用しからくり人形、鉄砲、掛け時計などが生まれその技を基に名古屋地区はものづくりの中枢地域に発展していくのである。

桃介は、中央アルプスの主峰木曽駒ケ岳の西方から御嶽山麓まで木曽谷を縫うように流れる川の激流をものともせずに歩き廻った。山中の様子を書きとめた日記の一部である。

「〇月〇日

昨日、支流の中でも一番大きな王滝川の源流を目指した。この川は、延長四十八キロメートル、御嶽山の西斜面に発し木曽町で木曽川に合流する。土地の人に聞いた話だが、毎年春の雪解け時の四月頃に木曽川筋で切られた木材は、九月頃に支流の小川に落とされる。これを川狩り（運材）というそうだ。その後十月から年の暮れまでに支流の流れに乗せて木曽川本流の合流点に集められる。毎年木曽川と王滝川の合流点には、川面にひしめく材木が十キロメートルもつらなるという。

十二月半ばになると一本、一本ずつ筏師により本流下降部にある「網場」に集められる。本流では、岐阜・八百津に錦織網場が、飛騨川は下麻生に下麻生網場があり長さ約三・六メートルの材木二十本で二人乗りの筏に組み河口まで下る。その途中の流れが緩くなったところでさらに六十本ぐらいにまとめられ、乗手八人の大輸送団で三重の桑名の港か名古屋の熱田白鳥の貯木場まで運ばれる。伐採されてから約八か月の長旅になる。錦織綱場では、今でも筏師、筏を組んだりする人々が数百人近く働いているそうだ」

「○月○日

今日、鉢盛山の中腹にあるワサビ沢まで行った。ここが木曽川の源流の地だそうだ。標高は約千五百メートル。あたりには、昼なお暗い。樹齢何百年と言われる木々がうっそうと茂り光を求めて天まで伸びているかのようだ。木漏れ日からできる幾何学模様の影が山道や岩に広がっている。同じ緑でも木陰は黒ずんでおり日当たりの良い所は深緑と彩りが多彩だ。水源は深く水流の枯渇は考えられない。尾張藩は、五木の伐採を禁止する留山制度を設けたことを知った。木曽五木と呼ばれるヒノキ、サワラ、ネズコ、アスナロ、コウヤマキがそれで、違反者は厳罰に処せられた。〝木一本首ひとつ〟と言われるほどだったという。

それにしても木曽川ほど、水力発電に適したところはない。水量が多いうえに落差がある。消費地に近く送電設備に金がかからず送電の損失も少ない。木曽川は国鉄中央線に沿っており資材運搬など発電所建設に何かと有利だ。ただ上流には皇室の御料林が多い。発電で水量が減ると木材を流せなく恐れが心配だな」

後日、この問題を解決するため御料林と中央線沿線駅とを結ぶ森林鉄道を敷設することになる。ただ多額の資金が要るため社内の反対があるのを押し切った。

桃介が木曽山中に入っている頃の明治四十三年に彼は、日本瓦斯社長、四十四年には四国水力の社長になっている。明治四十五年五月十五日に行なわれた第十一回衆議院議員選挙では、政友会から推され千葉で立候補し定員十名のところを第一位で当選、大正三年十二月まで二年半務めた。明治四十五年は、七月に大正と改元されている。桃介は、大正十五年七月に後の矢作川水力となる「大正企業組合」を設立している。

ところで桃介が去ってからの名古屋電燈だが、八百津発電所、長良川発電所が運転開始し供給能力の上がった割には業績がはかばかしくない。そのために社内で再び福澤桃介の登場を期待する声が強くなった。大正二年一月に常務として返り咲き替わりに創立以来の経営首脳の三浦恵民、名古屋電力合併後に就任した兼松凞両常務が退任した。

ところが十月に稲永遊郭疑獄事件が起き、名古屋の政財界が揺れ動いた。早速、下出から東京にいた桃介に情報がもたらされた。

「名古屋市中区の遊郭を南区の稲永新田に移転する際に土地の売買で不正があったという事件です。名古屋地方裁判所が十一日に前愛知県知事の深野一三、前名古屋市長の加藤重三郎、兼松熈らを起訴しました」

裁判は、一審で有罪、二審で無罪になったが名古屋電燈では、社長の加藤重三郎が収監され大騒動となった。結局、大正三年十二月、桃介の社長就任が決まった。下出民義は十一月、常務に昇進している。桃介は、この年の八月に藍川清成に頼まれ愛知電気鉄道の二代目の社長になっている。藍川は、弁護士だったが、名古屋市熱田の神宮前から知多半島の常滑を結ぶ路線を敷設中の愛知電鉄の監査役から常務になっていた。桃介が名古屋電燈で初めて常務になった時から同社の顧問弁護士となり両者の関係が深まっていく。藍川は、大正六年に桃介の後任として愛知電気鉄道の三代目の社長に就任している。

音二郎の死

明治四十四年三月、帝国劇場が開業、帝国女優劇がはじまった。九月に平塚らいてうが女性による月刊誌『青鞜』を創刊した。創刊号の表紙は、長沼智恵子、後の高村智恵子が描き平塚が「元始女性は太陽であった」に始まる創刊の辞を載せた。またこの頃松井須磨子主演の『人形の家』が上演された。明治末期婦人には、良妻賢母が求められ選挙権はなく女性の政治活動は治安警察法により禁止されていた。一方、欧米では、女権拡張論が広がりそれが日本にも伝え始められていた。

十月初旬、秋の帝国座公演の準備中に音二郎が倒れた。腹水炎の手術を受けたが病状ははかばかしくなかった。死期を悟った音二郎は遺言めいたやり残しのことを貞に頼んだ。

「俺が育てた新派をどうしても盛り返したかったが、どうもそうはいかないようだ。ようやく帝国座ができあそこで模範俳優を育てたかった。俺がもし死んだらお前が遺志を継いでくれろ。但し今まで俺は金儲け主義では芝居をやってこなかった。それだけはお前も忘れずに理想を曲げるなよ」

「あいよ、分かったよお前さん。言われたことは、きちんと守り通すから安心して養生してね」

しかし暫くして八日間、昏睡状態のまま十一月十一日、帝国座で身罷(みまか)った。享年四十八であった。十八日に新派合同葬が行なわれ哀悼を表して東京本郷座、大阪角座、京都明治座は休演した。音二郎は、人の迷惑は考えず思いついたらすぐ実行、お陰で貞と周囲を随分と困らせた。しかし新派の振興と改革に費やした情熱と実行力には誰もかなわなかった。

葬儀で貞は度々卒倒し手当てを受けながらもなんとか式を終えることができた。明けて西暦一九一二年、明治四十五年は七月に大正と改元された年である。二月に帝国座で音二郎の『追善口上』が行なわれた。

「浅二郎さん、替わってくれませんか。口上は私の責任なんだけど。どうしても台詞を最後までいうことができそうもないの」

舞台げいこで貞が音二郎の盟友の藤沢に涙ながら頼んだ。

「そうか、分かったよ。音さんも事情を分かってくれるだろう」

浅二郎の口上の間、貞はただただこらえ切れずにおえつしながら体を震わせるばかりだった。この年は音二郎の追善興行で明け暮れ東京、名古屋、神戸、山陰地方と巡演が続いた。本来ならば三月に二か年計画で洋行する計画を立てていた。しかし追善劇で追われそれもままならなかった。この頃は藤沢浅二郎に色々相談を持ち掛ける機会が多くなった。追善興行で一息ついたころ、

「浅二郎さん、私はね、新派を盛り立てるのは当然だけど帝国座の経営、女優の養成、お伽芝居の発展を音二郎から頼まれているの。そのためにどうしても洋行してからもう一度一座を立て直したいの」

「分かっているよ。俺も音のやり残したこと少しでも手伝いたいと思っているから安心してくれろ。それと音の記念碑の話はどうなっている?」

「ああ、追善興行の純益で東京の泉岳寺に記念碑を建てる件ね。私は記念碑の替わりに銅像を建てたいの」

「いつ頃になるのかな。来年だろうけど」

「そう、来年の二月に除幕式をやりたいの。鋳造は伊藤博文の銅像を作った小倉惣二郎さんに頼んであるから。それが済んだら洋行する計画よ」

「だけど、泉岳寺のほうは大丈夫かな。付近の住民が受け入れてくれるかどうかが心配だな」

「どうしてそれが分かるの」

「元記者の臭覚かな」

この年は、貞にとって悩ましい問題が起きた歳月でもあった。桃介が追善興行の旅先のどこと言わず現れることだった。独り身となった女性と幼馴染みとも言える桃介の出現。当然のように男と女の関係に誰でもが興味をそそられる。まことしやかな噂話があちこちでかまびすしかった。非難は女性の貞に一方的に向く。

貞に対する〝尼になれ〟〝後家はひっこめ〟の大合唱が新聞、雑誌で騒ぎたてられた。男は愛人を持つことが甲斐性のあることだったが、後家は貞淑であるべしという時代の風潮である。ましてや女優は身持ちが第一の条件で浮いた話はご法度であった。十月博多で音二郎の一周忌を済ませた後朝鮮へ巡業に出た。川上一座は、いつの間にか貞奴一座に変わっていた。釜山、仁川などを回っているうちに京城で、

「完成間近の音二郎の銅像が壊れた」

との一報が入った。大正二年一月に韓国などの巡業から帰国した。たまたま新派の合同公演で顔を合わせた浅二郎に貞がこぼした。

「銅像が壊れたの。原因は知らないけどお蔭で三月に予定していた洋行はまた延ばさなければね。それと高輪泉岳寺に建てる予定が狂ったの。付近の住民が河原乞食の類の銅像は建てさせないと猛反対してるから」

「やっぱりそうか」

「浅さんの言ってた通りね」

「あの辺の連中は気位ばかり高くて困ったもんだ」

「以前、音二郎が建てた墓石まで倒されたの。それでね、泉岳寺はあきらめて谷中天王寺に来年の十一月に建てることにしたわ」

この時期は不幸が続いた。

「それに聞いて浅さん、姉の花子が入水自殺したの」

「財産家の人の愛人だった人？」

「そうよ、前途を悲観してね。それと雷吉が消息不明なの」

「ええっ、雷吉が。どうしてだ」

音二郎の遺児の雷吉は結核で身をはかなんだようだ。福井の東尋坊から飛び降りたという風の便りはあったがようとして消息は分からなかった。

「十月になったら一人でイギリス、フランス、ドイツへ行くつもりよ」

独りごちた。しかし五月になると帝国座が破たんし手放さざるを得なくなった。音二郎の理想郷もここで宙に浮いてしまった。それにもめげず貞は、六月一日から帝国座のサルドウ作・松井松葉訳の『トスカ』に出演した。貞のトスカに六世梅幸が愛人のマリオを、七世幸四郎が悪賢い警察署長のスカルピア男爵に扮した。貞は九日間の稽古しか取れなかったが、〝努力懸命の舞台、芸の力を見せた〟（報知新聞）〝貞奴の芸は頗る心境を示せり〟（毎夕新聞）などと好評だった。貞はトスカで蘇生したと言われた。十月、十一月は大阪で新派の合同公演があり三度目の海外行きは実現しなかった。

第五章

再会　よき伴侶に

桃介と貞奴（中部産業遺産研究会提供）

十一月のある日、旅先で桃介と話し合う機会があった。

「貞さん、やっぱり芝居は続けるつもりかい」

「そうよ。分かって欲しいの。音二郎は経済のことは全く音痴で計画なしでやりたいことをするだけ。私は家のことから金のやりくりから座員の舞台裏での面倒見まで全部やってきたわ。演目が決まると女優の一人ひとりに演技指導するでしょ。それから最後に自分の書き抜きを手にしてやり方を考えるわけ。だから一度落ち着いて洋行し勉強して再出発したいのよ」

桃介には返す言葉がなかった。

「そうですか。分かりましたよ。最近、後藤新平さんから秘書の増田次郎を紹介すると言ってきたよ。木曽川の上流では宮内省の御料林が多く誰か仲介役が必要だろってね。これから私は益々忙しくなるんだ」

後藤は、後に南満州鉄道初代総裁、外務大臣、東京市長などを務めた政界の大物であった。

大正四年に行なわれた衆議院議員選挙で静岡県下から出馬し当選した増田は、その後名古屋電燈の嘱託となって逓信省、長野県、帝室林野管理局や水利権をめぐる地元との連絡役、調整役となって桃介を助けた。大正十三年には、同社の副社長になっている。水利権や筏流しの廃止をめぐっては、色々と問題も起きた。『夜明け前』の小説で知られる島崎藤村の兄広助との熾烈な争いは、その最たるものであった。その際、桃介の強引なやり方に対し地元の評判は悪い時もあった。

この年は前年末から起こった第一次護憲運動が盛り上がった一年でもあった。長州藩出身の第三次桂太郎内閣に対して「閥族打破」、「憲政擁護」の運動が高まり二月十日、数万の民衆が帝国議会を包囲した結果、桂内閣は組閣してから五十三日で総辞職に追い込まれた。

一方、貞は、大正三年二月、東京の明治座で『椿姫』を伊井蓉峰と貞奴一座で公演した。七月には第一次世界が起きた。夏には浅二郎と共に北陸と東北を巡業したが、途中で浅二郎が発病した。長年使ってきた白粉による鉛毒で神経がおかされていた。いったんは回復したもののこの巡業以来舞台に立つことはできなかった。

大正四年八月、入院中の浅二郎を見舞った貞は近況を報告した。

「九月にね、市村座の九月狂言に入座するの。座付の菊五郎さん、吉右衛門さんのお相手を務めることになったのよ」

六代目菊五郎、初代吉右衛門はともに三十歳代の青年歌舞伎俳優。

「それを聞いてね、二人のひいき筋は貞奴のお蔭で大入りとなったら今まで引き立ててきた私たちの沽券にかかわると大騒ぎなの。私の悪口ばかり言っているそうよ。私は今まで幸四郎さんや梅幸さんともたびたび共演しているのにね」

「今さら何だよ。大人げないな」

浅二郎は時々意識が薄れるほど症状ははかばかしくなかったが、ぽつりとつぶやいた。

貞は、若手や自分と同年代の松本幸四郎、尾上菊五郎らの歌舞伎俳優と共演したほか新劇の東儀鉄笛とも組んで巡業に出た。新派の合同公演にも度々加わった。貞ほど他流試合に挑んだ俳優はいなかった。音二郎亡き後、不振の新派の復活に体を張って孤軍奮闘していた。

大正五年一月、『婦人公論』が創刊され女性の権利意識が徐々に高まる機会が増えてきた。四月に再び病院を訪れた貞は、浅二郎にこぼした。

「雑誌『新演芸』三月号でね、〝貞奴をいかに処分すべきか〟と題して懸賞募集をしたの。その結果どうだったと思う。三千八百通余の投書があり当選五編が載っているんだけどね。一つとして女優を続けるべきというのは見当たらないの。ひどいのになると四十の坂を越えて続けるのも痛々しいから人気のあるうちに早く引退をというのもあるくらいよ」

「まあー。言わせておけ。俺はお前さんを信じているからな。やりたいようにすればいいさ」

浅二郎は、苦しい息遣いの中でそう言って慰めてくれた。

「さっきの投書ではね、渋谷村の桃さんに聞けなんてのもあったそうよ。馬鹿にしているわ。私は、これまで引退を口にしたことは一度もなかった。それどころか、フランスの大女優のサラ・ベルナールは七十二歳になる今日も立派に活躍しているのよ。外国では高齢の女優は沢山いるから私も見習ってそうしたいと、ことあるごとに言ってきたのに」

そうつぶやいたが、浅二郎は軽い寝息をかいていた。九月に貞の四回目の海外行きが具体化した。ロンドンの演劇界の管理会社プラフとニューヨークの演劇組合が斡旋してくれた。持っていくのは『芸者と武士』などだったが、これを聞きつけた救世軍らが反対した。

「こんな愚劣な出し物を演ずれば日本の恥になる」

反対運動を続けたため外務省が渡航を許可しなかった。この頃、舞台が終わるとぐったりして疲れが取れなくなるほどの日が多くなった。心配した桃介が楽屋まで来てあれこれ面倒をみるようになっていた。

大正五年七月、芝居がはねた後に二人で話し合う機会があった。桃介の彼女を思う気持ちは初めて会ったときから変わらない。

「二年前には名古屋電燈、愛知電気鉄道の社長になって目が回るほど忙しい。矢作川、天竜川、九頭竜川に発電所をつくる計画もある。それなのにあんたに付きまとうのは、女優を辞めて手伝ってほしいからだ。女優として生き残れるように助けてきたつもりだが俺自身が体力的にも精神的にもきつい所にきているんだ。それと私のために良からぬ醜聞は十分聞いている。体調を崩す原因にもなり迷惑をかけてすまないと思っているが」

「色んな噂ですけどね。幼馴染だからくっつくのが当然だなんて考えるのは下司の勘繰りというものよ」

（女心を知らなさすぎるわ。女はね、相手のことを思うだけの心のゆとりがないとそれ以上は前に進めないのよ）

貞には、芸者時代と違った女性像が生まれていた。それは二度にわたる海外行きで見聞した一人の女としての生き方と女性としての権利の拡大である。

（心の底から好きという気持ちにならなければ身を任せる気にはならないわ）

貞の矜持であった。

「私はね、三年前の十一月、大阪の新派合同公演の後での話し合いを思い出したわ。洋行して再出発したいと言ったわね。その時と同じ気持ちよ。二度目の洋行から帰って渋々出た『オセロ』で生まれ変わったの。自立して芝居をやり女性の手本として生きたいと思い始めたわ。お伽芝居や新派を発展させたいの。たまたま音二郎が早死して人生設計が狂ってきたけど。音二郎が亡くなる前に言い残した遺言をしなければならないし。二年前に谷中に銅像を何とか建てることはできたわ。残念ながら帝国座が守れなかったけど」

貞は、一息にこれだけしゃべると息づいた。

「俺は名古屋電燈で、先ず木曽川筋に水力発電所を作りたいんだ。発電量が増えればそれを消費する産業を興す必要が出てくる。今考えているのは鋼を作ることだよ。二年前に欧州へ視察旅行させた技師の寒川恒貞に余った電力の使い道を尋ねたんだ」

「そしたら？」

「彼は電気炉を使って鋼をつくる案を持ってきたんだ」

「電気で鋼を作るの？」

「その通り。鉄は溶鉱炉で作るのが普通だが、今度の鋼づくりは電気炉を使う」

「どうやって」

「鉄は単一の金属だが、鉄に炭素を混ぜ電気炉で熔解すると鋼になる。とても硬いので鉄道の線路や工具にも使われ特殊鋼とも言うんだ。

そのため昨年の十月に名古屋電燈の社内に製鋼部を設立したんだ。今年の八月には製鋼部を離して電気製鋼所（後の大同特殊鋼）という新しい会社を作った。社長にはとりあえず下出民義さんにお願いしたが。早く名古屋に住んで指揮を取りたいが、自分と下出だけではできそうにない。どうしても公私共に助けてくれる片腕が要る。それが貞さんだ。男のエゴと言われようがどうしようもない。あんたは女優を続けたいし自立したいといつも言う。その気持ちが分かるから困っているんだ」

貞にとって桃介は、最初から兄様みたいなそれでいて頼りにしている気持ちは変わらない。しかし繰り返し言ってきたように一度、洋行して一座を立て直したい気持ちは変わらない。

「兄様が私の周りに現れるのは止めようもないし仕方がないと思っているの。それで色んな噂が飛び交ったけど当然だと思う。しかし私はやましい所はなかったから聞き流し平気で耐えることができたのよ。だって帝国座の経営、銅像建立、全国各地で舞台に立つこと、一座の経営、洋行準備でしょ、どんな時間と心の余裕があると思うのよ。ただ今日まで引退は一度も口にしたことはないわ」

ここで一息入れて続けた。

「でもねー。正直言って私は少し疲れましたよ、あなたが体を心配して最近は楽屋までつきっきりだからね、噂が色々と流れているのは知ってるでしょうね。女優は身持ちが命なのに桃介、桃介、桃介と聞こえてくること、そりゃー大変なの。特に九州の川上家の筋からは、ふしだらな女としての烙印がおされてしまったのよ」

貞奴は込みあげてくるものを悟られないようにふいと顔を横に向けながら押し殺すように小声でつぶやいた。

どちらかが自分の道をあきらめねば両立の道はなかったことは明らかだった。この話し合いの後も巡演の旅は続いたが、貞は、桃介の悩んでいることについて以前よりは理解できる気がしていた。以前に比べて心に大きな迷いが出てきたことは事実であった。

大正六年の一月のある日、貞は、久しぶりに浅二郎の病床を訪ねた。

「浅二郎さん、病気のほうはどうなの」

「それがなあー、見れば分かるだろ。瘦せてしまってメシもあまり食べれないんだ」

瘦せこけた頰と青白い顔色でしんどそうだ。

「大丈夫よ、しっかり養生すれば治るわよ」

元気づけたが、素人目にも鉛毒の症状が進んでいることが明らかだった。

「ねー、少し話していいかしら」

「桃介のことだろ」

「どうして分かるの」

「顔にそう書いてある」

思わず二人で大笑いした。

「ああ、久しぶりに笑ったな」

浅二郎の頬が緩んでうれしそうだった。

「芝居を取るか桃介と一緒になるか迷い始めたの」

「桃介にほれたら芝居は辞めざるをえないだろうが。俺はそう思う」

そう言って目を閉じた。これが貞と交わした最後の言葉になった。

大正六年三月、浅二郎の訃報が入ってきた。長年にわたり音二郎とともに新派の振興に尽くしてくれた同志であり貞の良き相談相手であっただけに一段と寂しくなった。前後して桃介の体調が優れないとの噂が楽屋まで届く機会が以前にも増してきた。

桃介、危篤

大正六年八月初めから喜多村禄郎らと組んで中国地方へ出ていた巡業先へ届いた電報で貞奴の背筋が凍りついたように硬直した。心臓の早打ちとともに頭の中で明日からの興業のことと桃介のやつれた死に顔が目の前で交錯した。

（明日からの芝居をどうしよう。俳優は、親の死に目にも会えない稼業だわ。確かに養母の可免にも、姉の花子にも雷吉にも最後は会っていない。兄さにも会えずに別れていい

のかな。興行は看病のためと暫くの延期をお願いしよう）

貞は、なにはさておき病床へ駆けつける決心をした。次の朝、巡業を放棄して東京へ帰った。彼は、入院はしていたものの病状はそれほどでもなく数日後に退院した。桃介が長野の木曽川水系で進めていた水力発電用のダム建設で貞奴の協力が欲しかったための一計だった。

それでも不思議と彼女の中で怒りが湧き起こらなかった。それほどまでにとする彼の熱意にほだされたのかも知れない。改めて彼の別邸へ訪れた貞に桃介は、

「なあ、貞さん、危篤の電報をうってすまなかった。そうする以外の方法が浮かばなかったからな」

桃介は整った鼻筋の先を左指でつまみながら謝った。

「帰ってみて元気そうだったから嬉しかったけど、電報を見た時はもしかしたらもう会えないと覚悟してたんだよ」

「すまん、すまん、改めて許してくれ、俺も名古屋電燈の社長になって三年になる。これから塩尻から中津川へ抜ける中仙道の木曽川筋の大桑、大井などで発電所を作り関西へ電気を送ろうと思っている。第一号として賤母（しずも）という所で発電所を着工したよ。それにこの前話した通り愛知の矢作川や静岡、福井、石川の各県の川にも水力発電所を作るつもり

だよ。何とかして手伝ってくれないか。名古屋電燈内に鋼の原料になる鉄を作るために製鉄部を作ったばかりだし。その上に電気製鋼を提案した寒川が、新事業として炭素製品を作る新会社を設立したいと相談してくるなど忙しいんだよ」

寒川恒貞は、大正七年四月桃介の同意を得て名古屋市に東海電極製造（現東海カーボン）を創立する。製鋼用電極などが、輸入品に頼っていたためこれを国産化する目的だった。

「電極の生産は、電気を食う仕事だから電力消費につながるからね」

「でも忙しいから社長は、やらないでしょうね」

「ああ、やりません。寒川が社長、私は相談役ですよ」

そう言いながら机の上に書き物を示した。紙の上に〝経国経民〟とあった。

「貞さん、これ分かる？」

「経済で国を救うということですか」

「経国は国を治めること経民は産業を起こし民を救うことだと俺は勝手に解釈しているよ。経国に関して言えば俺は三年間、代議士をやった」

「音二郎も挑戦したけどかなわなかったわ。借金が残っただけ」

「何しろ国を治めることは、色々と理屈で通らぬことが多くあり大変だから諦めた。だから電気事業という産業を興して民のために役立ちたい。それが今の俺にとっての経国済民なのだ」

別邸の離れから垣間見える紅葉は、紅に染まるにはまだ早い青葉が目に染みた。

「経国済民ねー」

貞が改めて机の上の書き物に手を伸ばした時、うなじに男の息遣いを感じた。と同時に桃介の両腕が貞の肩と腰に回った。この後、右の手がはだけた貞の胸のふくらみをまさぐった。貞も抗うことなく自ら身を任せる仕草を見せた。

「貞さん」

「はい、兄様。好きになったよ」

貞は、芸者時代、男に尽くすのを信条とした。しかし桃介とこの時契りを結び男から愛される技を初めて味わい体に変化が現れた。めくるめく女の喜びを知ってからは、

(好きな人に会うと体がうずいてくる。体を触れ合ったり話すだけでさえ恋しさが募り、体全体がづきんづきんと高まってくるのを抑えきれなくなるわ。愛撫が増すにつれよがり声が大きくなるのを止めることができなくなるの)

貞の女性開眼であった。

頼もしい兄さんの気持ちが切ない恋心に変わっていったのである。それからは貞のほう

から逢瀬を期待することが多くなった。程なくして貞は、桃介に、

「芝居を辞める決心がつきました。ただ引退までに時間がかかるのと洋行はまだ諦めていないわ。それにお伽芝居だけは続けたいので宜しくね。これからは済民のお手伝いをさせてもらいます」

頭を下げた。

この年、桃介は四十九歳、貞は四十六歳。貞は、十一月に音二郎の七回忌を控えており一つの区切りかなと考えて引退宣言を公表した。

「引退までの計画はどうなっている」

「十月にヴェルディの歌劇『アイーダ』を明治座でやった後、十一月に博多でも公演する予定よ。大正七年はね、各地を巡業した後、十一月に大阪の中座で最終にするの。何しろアメリカへ出かけたのが二十八歳の時だから。二十年近い俳優生活をきちんと締めくくりたいの」

出し物の『アイーダ』は、この物語の主人公の名前でエチオピア王の王女。貞が演じるアイーダはエジプト王の娘アムネリスの奴隷になっている。両国の闘いにエチオピアが破れたためだが、彼女はエジプトの軍隊長のラダメスと恋におちる。アムネリスが二人の中に入って横恋慕する。エジプト王は、闘いに勝ったラダメスとアムネリスとの結婚を告げ

る。しかしアイーダとの愛を貫こうとするラダメスは、死を選びアイーダと共に果てる悲劇である。

「はい、はい、貴方の言い分は分かったよ。ところで名古屋の東区の東二葉町にいい土地が見つかった」

「どんなところ」

「住所はね、東二葉町十八番地、北に向かって傾斜地の上の土地で広さは」

と言いながら売買契約書に目をやり、

「正確には、二千六百十八坪ある。来年の春から家を建てよう。あめりか屋という住宅専門会社を経営している橋口信助さんに西洋館に和室のある和洋折衷の屋敷を頼むつもりだ。西側の近くに名古屋城があり元牧場とかと聞いてる。天気次第で木曽の御岳山も遠望できるそうだ」

約八千六百四十平方メートルの面積だから相当に広い土地である。

「傾斜地の上とか聞いたから見晴らしがいいのね」

「それからな、今思いついたんだが。私の一番末の妹に翠子がいるのは知っているだろ。彼女は私の生き方に反感を持って絶好状態だったが、画家の杉浦非水に嫁いでいる。今度の二葉町の屋敷に作る大広間に飾るステンドグラスの下絵は彼に頼むつもりだ。ステンドグラスは、日本で最初のステンドグラス工場を作った宇野澤ステンドグラス製作所が引き受けてくれる」

「そりゃー、いいんじゃない。妹さんも喜ぶわよ」

一つ父母の子と生まれつつ兄は富み妹は貧にして個々の生きざま
この君を解剖すればするほどに哀れなる兄よ我はただ泣く

これは「短歌至上」を主宰する杉浦翠子の歌である。兄の生き方に共鳴できなかった彼女は兄妹付き合いをしなかった。しかしステンドグラスの件以来、絆がすこしずつ戻ってくるようだった。

貞が屋敷を構えたところは、現在の名古屋市東区の清水口交差点から北へ百メートルほど下った所を右に折れ二百メートルほど東へ行った高台で現在は民間のマンションになっている。中部産業連盟というビルの裏の北西に位置する。マンション角地には、碑があり〝旧川上邸跡（二葉御殿）〟とある。

「じゃー、それまでに引退興行を無事に済ませねばね」

大正七年十一月、計画通り貞は、大阪の中座で最終公演を行ない二度と舞台に立つことはなかった。これ以降、「奴」が取れて再び川上貞に戻った。

兎も角も
隠れすむべく
野菊かな

引退記念の引き出物の白磁の茶碗に藍色でこの俳句を焼き付けた。野路にひっそりと咲く野菊。華やかだった彼女の舞台姿からは想像できないが、この頃の心境を表しているのではなかろうか。

二葉御殿

引退公演を全て済ませた貞は、大正八年春から東二葉町の邸宅に桃介と第二の人生を送ることになる。二葉邸の表札は川上貞、土地の名義も貞だった。屋敷は、流動的な曲線などを特徴とする西洋風の建物。玉砂利が敷き詰められた道を入っていくと車寄せのある玄関になる。庭にはモミの木や枝垂れ桜が植えられ噴水もある。夜になると電気の照明で噴水や木々が幻想的な雰囲気を醸し出す。

名古屋市旧川上貞奴邸（中部産業遺産研究会提供）

　正面は、大僧正がかぶる烏帽子のような形のオレンジ色の瓦の二重勾配屋根が左右に広がる。その下には二本の円柱に支えられた出玄関があり屋根はやはりオレンジ色の瓦であった。玄関を経て大広間に入ると床には、縦、横二十センチ角の寄せ木が敷き詰められている。広間正面の凹部には、電気ストーブがありその左側と後ろの窓はステンドグラスがはめられている。下絵は桃介の義兄、青木非水が描いた。二階へは、らせん形の上り階段で通じていた。

新居でくつろぐある日の夕べである。

「気に入ったかな、この家を」

「広間真ん中に立つと左側と真後ろにステンドグラスがあるわね」

「そうだよ。左にあるステンドグラスの絵は、初夏という題で朝顔、ユリ、アヤメ、アジサイ、カキツバタ、トチの木などが書いてあり鳥はバンだという」

「三人の娘が踊っているもう一つの絵は？」

「あれはギリシャ神話の最高の神、ゼウスと記憶の女神、ムネモシュケからから生まれた九人の姉妹の女神のうちの三人らしい。フルートを持っているのは、抒情詩の女神、エウテルペ、竪琴の女性は独唱歌を司るエラト。シンバルを手にするのは合唱歌舞を司るテルプシコーレだと聞いている」

「なんだか楽劇園の活動と縁がありそうな絵だこと」

「そういえばそうだな」

「とにかく素晴らしいわね。二葉居と名付けるわ。大きな配電盤と自家発電の装置があるのね。この前数えたら一階に部屋が十四あったわ。私がいつもいる茶の間から電源を入れれば各部屋につけた洋灯へつながりそこにいる子を呼び出せるのね。ボタン一つは誰か鳴りっぱなしは非常用とか」

「そうか。ボタンの押し方で誰を呼び出したいか分かるようにしておくのは便利だな」

邸内の各所に設けられた灯りにオレンジ色の赤レンガが映えて美しかった。二階は貞と桃介の専用の部屋が続いていた。

「とにかく電気を使った電化生活がどんな風だか名古屋の人達に知ってもらう必要があ

るんだ。こちらは電気を売るのが商売だからな。昨年、名古屋電燈の製鉄部を切り離し木曽電気製鉄会社を作ったことは話してるな」

「はい、聞いたわよ。名古屋港五号地の試験工場で操業準備のことも。その会社がどうかしたの」

「製鉄は儲からないからもう鉄は作らず発電所づくりと電気の卸売りをする会社にしたが、最近、社名を木曽電気興業と変えたんだ」

「鉄をつくらずに電気の卸売りをしているから会社名と商売の中身が一致しないということ」

「その通り。流石物分かりがいいな。そういう次第でこの会社を核にしてこれから関西方面へ電気を売り込む計画さ。そのためここへ仕事関係の人を大勢呼んでくるから接待を頼みますよ。大広間はそのための社交場だよ」

この館は、迎賓館でありここへ政財界の要人を招き事業の拡大に役立たせる狙いと電力の拡販の宣伝に役立てようとしたのである。

間もなく養子、十九歳の広三と養女、十三歳の富司が同居した。飯野広三は、桃介の母方の親戚、岩崎富司の祖父は桃介の従兄弟にあたる。

邸内には、舞踏会ホール、喫茶室、ビリヤード室があり、小間使い、書生、料理人などを含め二十数人が住まいしていた。私道をはさんだ先に数軒の借家が並んでいた。植木屋職人夫妻、守衛、馬丁らの住居であった。車は、アメリカのパッカード社のパッカード、日本で一台しかない車だった。二葉居は、いつしか二葉御殿と呼ばれるようになった。

桃介は、妻の房に東京に屋敷と箱根に別荘を建てて、別に収入も入る工夫をした。房は、お嬢さん育ちで家事は駄目だし人付き合いは苦手で、夫の商売を助けることはできなかった。

川上絹布設立

貞は、引退公演を終えると桃介に話を持ち掛けた。

「私も済民したいんだけど」

「何か事業を興そうって訳かな」

「そうよ、絹布を作って輸出して外国からお金を稼ぐのはどうかしら」

この頃、名古屋の絹織物は、内地向けより輸出用に需要が高まり第一次大戦後は特に海外からの注文が多くなった。

「俺も電力を手がける前に繊維も考えたことがある。しかし紡績や機織りの工場は工女を一日十一時時間以上働かせる。それに工場内のほこりなどで結核になる者が多いからやめた覚えがあるが」

「それは知ってます。私はね、アメリカや欧州で女性の働き方を色いろと見てきたわ。裁縫師や洗濯屋さん、電話局の人もみんな時間内の労働条件で働いていたのよ。だから理想の工場を作りたいの。全寮制にして個室、勤務時間は朝九時から夕方の五時までで、夜は、お茶、いけばな、和裁を習えるようにするわ。会社の名前は川上絹布でどうかしら」

「商売だからな。同業との競争がある。うまくいくかどうかわからないが、志は大きいほうがよろしい。分かりましたよ。資金的な援助はできる限りやらせてもらいます」

「工場予定地の付近に繊維関連の工場も多いけど作業着がなく着物にタスキ、前掛け姿が多いというじゃーない。だから女工さんが髪を機械に挟まれ死ぬ悲惨な事故が起きてるんだって。うちの作業衣は、揃いの紺のセーラー服を着て靴を履いてもらうつもり。まるで女学生のような恰好だけどね」

頬に手をやりホホっと笑った。

かくして大正八年に川上絹布株式会社は、東大曽根、現在の北区上飯田通二丁目の三千三百平方メートルの敷地に工場を建設し操業した。資本金は五十万円、社長は貞、取締役は桃介と養子の広三の二人だった。当時はその南に敷地十六万五千平方メートルの東京モスリン絹紡工場、西側に大隈鐵工所（現オークマ）、東に東洋紡績大曽根工場があった。

名古屋のちりめんは、名古屋縮緬と呼ばれ人気があった。織機は、豊田紡織の自動織機を使い優秀な日本人技師を雇い輸出向けの繻子（サテン）、フランス縮緬などを手がけていた。

工場には、十五歳くらいから二十歳までの女工五十人ほどが働いていた。労働条件は、四十分作業して十五分休む、昼休みにはテニスをしていた。休日は演芸会などレクリエーションをして楽しんだ。仕事が終わればお茶、お花、和裁などを習う。工場内にはプールもあった。貞は、工場へ出かけた時はいつも工女一人ひとりにやさしく声をかけるのを忘れなかった。

工場が動き始めて少し経った頃、桃介に次のような工場歌の披露があった。貞が、少し声を張り上げて歌って見せた。

♪
過ぎし昔の夢なれや
工女工女と一口に
とかく世間のさげすみを
受けて口惜しき身なりしが

文化進める大御代の
恵みの風に大道を
なみせる古き慣わしや
思想を漸く吹き払い

♪


「宇田川五郎の作詞、作曲だと聞いているが、なかなかいいじゃないか。終わりから二行目の〝なみせる〟は無みする、つまり無くすると読み替えると分かり易いな」

「私もそう思うわ。良かった、気に入ってもらえて」

宇田川は、貞と音二郎のフランス行きに同行したことがあった。細井和喜蔵の『女工哀史』が刊行される六年前の出来事だった。

大正七年三月二日の朝の会話である。

「明日だがな、この前話した矢作水力の創立総会がある。式服の用意を頼みますよ」

「聞いてますよ。岐阜県恵那郡下原田村に第一号の下村発電所を作るとか。本社はどこに置くの」

「名古屋市東区東片端だからここから歩いて十分くらいのところだよ。矢作川筋では六か所の発電所を作るつもりだ。資材運搬にも都合がいいから中央線の大井駅と恵那郡岩村町を結ぶ岩村電気軌道を合併しようかと思っているんだよ」

「忙しいから社長はやらないでしょうね？」

「うん、相談役だ。社長は井上角五郎さんに頼む」

井上は、北海道炭礦汽船時代の上司である。

「七月には木曽川筋で最初の賤母（しずも）発電所が竣工するんでしょ。続いて大桑、須原、桃山、読書（よみかき）の各発電所の建設計画もあって忙しいわね」

「まだ新しい仕事は続くんだ。六月末になると思うけど北陸に白山水力という会社を設立準備中だよ」

「へーえ、まだ新しい川筋の開発をするの？」

「そうだよ。福井の九頭竜川と石川の手取川筋で五か所の発電所を作る」

「そこも相談役でしょ？」

「はい、そうなると思うよ」

桃介は、秋口のある日、貞に持ち掛けた。

「第一次世界大戦が意外に早く昨年十一月に終わって景気もいまいちなのは知ってるだろ」

「それで電気の消費量も増える見込みが狂いそうなのね」

「その通り。余った電気を売るためには産業を興さないとダメなんだが。個々の会社を作るくらいでは間に合わない。大規模な工場地帯を作りたいんだが、名古屋の財界は話に乗ってこない。そこで岐阜の木曽川筋にある笠松付近に工場地帯を作ろうとしたが」

「この間聞いたわよ。三千トン級の船が接岸できる港を作る話でしょ」

「金が要るし地元も賛成しない。うまくいかなくなったんだ。だから今年九月に東海電気鉄道という会社を作ったんだ。とりあえず電気機関車を名古屋と東京間に走らせようと思っているんだ」

「でも国がもう汽車を走らせているんでしょ」

「国と張り合って東海道を走らせる。向こうは石炭を焚いて走るから車内は煤煙でもうもうだ。それに比べこちらは電気機関車だから清潔そのものだよ」

「お金は大丈夫なの」

「安田銀行の安田善次郎さんと話がついている。初代鉄道院総裁の後藤新平さんとの了解も取り付けてある。電気の消費量も増えるし国を見返してやる」

「それでこのところ上京ばかりで忙しかったのね」

「電気の消費を増やす第三の方策が前から話している通り関西方面へ電気を送ることだ

よ」

「どうして電力を関西へ、名古屋ではだめなの」

「名古屋ではそんなに電力の必要がないんだ。だから関西へ送るのさ。あちらは火力発電が主力だし。料金も高い」

「そんなことができるの。工事が大変じゃない、お金も要るでしょうし」

「心配ない、俺がアメリカで見てきた大送電線を建ててやる。金は何とかなるさ。そのため十一月に大阪送電という会社を京阪電鉄と合同で作る準備を進めているんだ」

関西へ送電するという構想は、この年開かれた名古屋電燈の株主総会で株主の一人から「福澤桃介白昼夢を語る」とまともに受け取ってもらえなかった。

起点は須原発電所でここと犬山に変電所を設けて大阪まで二百数十キロを高圧送電しようというものだが、社内でも反対にあい孤軍奮闘だった。経済誌の『ダイヤモンド』が二回にわたり「無理な計画と」の記事を掲載した。桃介は同誌の創刊時や経営不振の際に資金援助をしているが、この記事に関しては一切口出ししなかった。

大正二年五月に雑誌『ダイヤモンド』を創刊した石山賢吉は『回顧七十年』（ダイヤモンド社）で次のように語っている。

「私がダイヤモンドを創刊して一周年を迎えた頃である。当時私は雑誌の経営難に悩ま

されていた。福澤さんが、何時も冴えない私の顔を見て、

『経営はどうだ』と問われる。

『毎月百円ばかり足りません』と、答えた。

『一ト息の所だナ』と同情の言葉がある。そして一寸首を傾けた後、

『それ位の事ならば何とかしようよ。君の様なおとなしい人に金の苦労をさせるのは、可哀そうだ。一口二十円として五口集めれば、君の苦労が抜ける。僕が一口出す。他へも紹介してやる』と、いってくれた。私は有難くて涙が出た。発刊当時と云い、又それから後と云い、福澤さん程私を助けてくれた人はない。それには毫末も私心がなく、まったくの義侠心からであった。私の雑誌を、自分の関係会社に利用しようなどという気は微塵もない。自分の関係会社に不利の事を書いても、それが至当の言論であれば笑っているのであった。これは、それからずっと後の事であるが、それについてこう云う例がある。


福澤さんは、木曾川の開発を畢生の事業とした。起こした電気を何処で使用するか。地元の名古屋では、使い切れない。福澤さんは、大阪送電を計画した。そして夫れに専門の大阪送電と云う会社を作った。処が、ダイヤモンド社の大阪支局主任の佐田君は、誰れ彼れの意見を聞き廻った結果、〝木曾川水力断じて大阪へ来たらず〟と、云う一文を書いて送って来た。わが社では言論は一切自由……。

という訳で記事はそのまま誌上に掲載された。ダイヤモンド社では、間違ったら取り消すが、意見は無干渉と決めてあった。記者の書いた原稿の基調は全く手直ししないで掲載する社風が確立していたので福澤氏批判の論調も掲載される事態も珍しくなかった。ところが、その記事が載った雑誌が発売されても福澤氏からはなにも言ってこない。会っても何とも言わない。福澤さんは雑誌の立場を理解し、私の雑誌を見る場合は、全然別個の観察をするのであった。私は、その心事に対し絶大の尊敬を表した。大阪支局の佐田君はその後も一度〝木曾川の水力断じて大阪へ来たらず〟の続編を書いて掲載した。その時も福澤さんは何とも言わなかった。福澤さんは図り知れぬほど、心の広いひとであった」

こうした経緯から桃介は、無心で義侠心の厚い男であったことがわかる。

大正八年、中央線南木曽駅近くの三留野に発電所建設の前線基地ともいえる山荘を建設した。二階の洋室壁際には、装飾豊かな暖炉がしつらえてあった。レンガ造りにモルタル仕上げの灰色の建物で最上階には、屋根がなく手すりの付いた張だし縁と川が眺められる展望室があった。現在は、福澤桃介記念館として公開されている。山荘のすぐそばには招聘したアメリカ人技師と八十名近い家族たちの住居が広がりその子弟たちのための小さな小学校まで備えていた。貞はアメリカ製の自動二輪車、つまりオートバイに乗り砂塵を巻き上げ建設現場まで走った。これは、アメリカ・マサチューセッツ州生まれの「インディアン」号で排気量六〇〇cc、ハーレーダッビッドソンより高級品であった。赤い車体に赤い皮の長靴を履いた貞が砂利道を颯爽と疾走する。

「わーい、貞奴が来たぞ」

近所の子供たちが砂埃をものともせずにその跡を追った。

外国人といいオートバイもだが、山深い地元の人たちにとってはまるで宇宙人が舞い降りてきたような奇想天外な出来事だった。

桃介が、木曽川筋で五番目に手掛けた読書(よみかき)発電所を建設する頃の山荘でのやり取りである。この発電所の建設場所は、山荘から二キロほど下流地点にある。

「さぁーさん、この際、建設資材の運搬のため橋を架けようかと思っているが」

「この辺りは川幅が最も広く流れも急でしょ。大丈夫かしらね」

「技師とも相談済みだ。この山荘よりやや上流地点から中央線沿いの道路に架ける。完成すれば日本でも最大級の木製吊り橋になるな。工事の後は道路として地元の人々に喜ばれるしな」

「為せば成るって。やってみたら」

後日できた設計図を見ると全長二百四十七メートル、幅二・七メートル。大正十一年九月、当時の資金千七百九十七万円でこの橋は完成、平成六年、国指定重要文化財「桃介橋」となり現在も日常生活に欠かせない住民のための橋となっている。

　一方、川上絹布株式会社の経営は、会社の動き出しは順調だったが、絹織物の好況は、大正九（一九二〇）年、生糸の暴落で破産企業が続出した。

　久しぶりで二人きりで囲んだ夕餉（げ）の席で貞がこぼした。

「生糸の暴落以来、白地主体の輸出専門から内地向けに切り替えざるを得なくなったわ。お召し、羽二重（はぶたい）、銘仙、柄縞ものを作っていくの」

「そうか糸へん産業は相場に左右されるからなー。まあー地道にやる以外ないな」

「ところでなー、さぁーさん、大井って知っているだろ」

「ええー、恵那郡大井町でしょ。知ってるわ。あのあたりの川幅は広いわね。一度のぞいたことがありますよ」

「そこに途轍もなく大きな貯水池を築いて大井発電所を作ろうと思っているんだが。そのために岐阜県恵那郡蛭川村弓場の川岸と恵那郡大井町奥戸間にどでかい堤を作る」

「発電所は、川の水を下に流して電気を作るんじゃーなかったの」

「普通はそうだ。だが効率よくするには、堰堤つまり堤を作り上流からの水を貯める。そうすれば川の水量に関係なくいつでも発電できるからな」

「日本では例があるの？」

「これが初めてだ。だからできれば日本の電力業界で画期的な出来事になる」

♪

木曽のナー、なかのりさん、木曽の御嶽山はナンジャラホイ、

夏でも寒い、ヨイヨイヨイ

袷ヨナー、なかのりさん、袷ヨやりたやナンジャラホイ、

足袋を添えてヨイヨイヨイ

♪

貞が木曽節を歌って見せた。

「木曽節の後段にあったわね。〝男伊達なら　あの木曽川の　流れくる水　止めてみよ〟ってのが。あんなに大きな川がせき止められるかしら。お金もいることだし」

「そりゃー、難しい。だけど俺はやるぞ」

「分かりましたよ。できることあればお手伝いしますわ」

「もうじき技師の畠山好伸をアメリカに派遣し堰堤に関する施設を詳しく調べさせる。万全を期するためにアメリカのシーボー・スター&アンダーソン社に指導を頼むつもりだ

よ。四名の技師にも来てもらう。発電所でつかう水車と発電機のそれぞれ四台は、アメリカのアリスチャルマー社やゼネラル・エレクトリック社の製品だし九台の変圧器はウェスティングハウス社の予定だよ」

「それなら大丈夫ね。安心したわ」

「中央線の大井駅から現地まで軌道鉄道を敷いて資材を運ぶ。これとは別に木曽川の両岸に渡るケーブルクレーンを据え付ける。これはね、川を横断して空中に張った鋼の針先を束ねた鋼索を引っ張って動かす仕組みで、これに昇降機を吊るし所定の位置で材料や機械を上げ下ろしできるはずだよ」

「用意周到だから成功すると思うわ。昇降機には、資材などを運ぶ頑丈な吊り箱みたいなのが付いているんでしょ。そこから下を見たらどんな景色になるのかしら」

大同電力誕生

こんな冗談を言いながらこの話は終わった。この頃名古屋電燈の経営に暗雲が漂い始めていた。大正九年五月には、下出民義が衆議院議員に当選し政治活動に時間を取られ会社の経営がおざなりになっていた。十月に締結する木曽電気興業、大阪送電、日本水力の三社合併契約を前に新社長の座をめぐる争奪戦が熾烈を極めた。

三社を合併、新会社大同電力を設立し関西への送電を目指す目論見だった。桃介は、下出に新会社の常務をと頼みながらその間の経緯を語った。

「貴方もずっと政治活動で忙しそうだから詳しく報告していないが。新社長のなり手が多くて困ったんだ」

「誰が見ても桃介さんがふさわしいと思いますがね」

「そう思うでしょうが、それが違うんだ。三社の中で木曽電気興業と大阪送電は私の作った会社。電気事業にも精通しているのはほかにいないから社長は自分の所へ思ったんだが」

「やはりしゃしゃり出たのは、岡崎邦輔でしょうね。大阪送電の設立で骨を折ったとか言って」

「下出さんと同じ衆議院議員で当選十回という古強者だ。要するに新社長を手に入れて金づるにするつもりだよ」

「日本水力社長の山本条太郎も政治家ですね」

「うん、彼は三井物産出身で計数に強く意欲満々だった」

二人とも年齢は、桃介よりもずっと上で桃介を小童扱いだ。

「敵は岡崎、山本連合を組んで山本を社長候補の本命に押してきたんだ。

日本水力の母体は大阪電燈、京都両電燈会社。共同で福井の九頭竜川で水力発電を目論んでいるが、それを行なう日本水力が経営不振で苦しんでいる。だからこそこちらの合併策に乗ってきた。そこである手を考えたんだ」

「分かりましたよ。相手側はこのままでの単独の生き残り策はない。そこで起死回生策として文句があるなら三社の合併をご破算にすると」

「その通り。日本水力が駄目になれば親会社の大阪電燈、京都電燈の経営も危うくなるからな。そうしたら奴さんら、すっと手を引いたよ」

これには余談があった。桃介が、松永に対して社長の座を巡って、

「岡崎の出しゃばりにちょっと手を焼いているんだが」

もちかけると、

「よろしい、旧知の私が話を付けましょう」

早速、岡崎に会うと、

「福澤は、まだ鼻たれ小僧だ。これからという会社を任せるには若すぎる」

散々、こき下ろす。岡崎は、政友会のまとめ役だし農林大臣経験もある。末は内閣総理大臣をも、と虎視眈々としていた。そこで、

「天下国家を狙うあなたみたいな大物が、一民間会社の社長に納まる器ではないでしょ

う」

　こうおだてると、

「俺はやらんよ、そんなもの」

　そう言ってまんまと計略に引っかかり、まず岡崎の芽を摘み取ったのである。

　翌大正十年も桃介の周辺が目まぐるしく動いた一年であった。木曽電気興業と先に設立した大阪送電が日本水力と合併、大同電力となることが二月二十五日の臨時株主総会で認められ発足した。本社は、東京市麹町区八重洲、社長は桃介である。七月には計画通り大井発電所の起工式が行なわれた。これで関西へ電力を送る体制は整った。大同電力は、後に現在の関西電力設立母体の一つになる。

　九月二十八日の夕刻、桃介がいつも見せたことのないあわただしさで帰ってきた。

「お帰りなさい。どうしたの、顔色が悪いわ」

「大変なことになった。今朝、安田さんが刺殺されたんだ」

「どこで、どうしたの？」

「大磯の別荘で暴漢に刺されたということだ。気の毒にな。それにしても困ったな」

「電気機関車を東京まで走らせる計画のことでしょ」

「そうだ。これでおじゃんだ」

「路線免許は取っているんでしょ」

「うーん、取っている。この計画はご破算として藍川に譲り渡そうかな」

こうして東京までの電化作戦は終わりとなり、桃介は資本金千万円の東海電気鉄道を藍川清成が社長をしていた資本金五百万円の愛知電気鉄道に吸収合併させた。その後愛知電鉄が名古屋と豊橋間の路線を完成させ、後の名古屋鉄道の本線となった。昭和十年に愛知電気鉄道と名古屋の西部で勢力のあった名岐鉄道が合併し名古屋鐵道が誕生、藍川が初代社長となり終戦まで務めた。

名古屋市議会の政争で一敗地

大正十年六月の名古屋市議会で一波乱があった。桃介や下出が率いる政友会系議員は電政派と呼ばれていた。桃介が切り出した。

「下出さん、電政派に佐藤市長の不信任案を出させ、後任として議長の大喜多寅之助に変えようじゃーありませんか」

名古屋電燈と名古屋市は明治四十一年に報償契約を結んでいた。名古屋電燈が名古屋市内で電灯、電力の独占供給を認める代わりに利益の四%を納付するという内容だった。

「いいと思います。大正六年には納付金が五%に引き上げられおまけに市の要望により料金の値下げをしてますね。会社の経営も苦しいし契約の破棄か改訂が必要ですな」

こうして緊急動議が出され佐藤市長の退任が決まり、七月に大喜多市長の登場となった。

しかしこのやり方に怒った憲政会が反発し、その後の十月市会議員選挙で憲政会が勝利し大喜多市長は退任に追い込まれた。従って報償契約の改定や破棄もなくなった。桃介陣営は、一敗地にまみれた。

十一月になると名古屋電燈の名古屋市港区にあった名古屋製鉄部門を切り離し、大同製鋼を発足させた。この会社は、翌十一年七月に電気製鋼所から電気製鋼部門を譲り受け大同電気製鋼所となりこれが今日の大同特殊鋼（本社名古屋市）になる。一方、電気製鋼所には、木曽福島方面で行なってきた電灯、電力供給部門のみが残ったので木曽川電力と社名変更した。

大正十年の秋のある日桃介が貞に話しかけた。

「相談したいことがあるんだけど」

「ええっ、またどこか体の悪いところでも」

「いや、違うんだ。木曽川下流の岐阜県稲葉郡鵜沼村に土地を買う話だよ」

「何か工場でも？」

「いや、仕事の話ではない。名古屋電燈で常務をやった兼松熈君が鵜沼に土地を持っているんだ。彼はあの近くの岐阜県加茂郡坂祝の出身だからね。売りたいから私に別荘でも作ったらどうかと言ってきたんだ。彼の土地とその付近を買増し最終的に一万坪（三万三千平方メートル）を手当てするつもりだよ。そのうちに遊園地でも作ろうかと」

兼松熈は、郷里の戸長、郡書記、内務省属官、佐賀県の佐賀郡長、衆議院議員などを経て名古屋電力の設立に奔走した財界人。松永安左衛門、藍川清成らと共に二葉居によく出入りしていた桃介側近の一人である。兼松は晩年の六十三歳、昭和四年十月に豊田式織機（現豊和工業）の社長に就任、十六年四月に退任している。

「いいんじゃーない、賛成だわ」

「犬山城のすぐ上流にある道路と木曽川が並行して走る宝積寺あたりは江戸時代から知られた景勝地でな。木曽川から裏山の陰平山に至る一帯の景色は見事なものだ。木曽路名所図会によれば木曽街道六十九次にあのあたりの景色が描かれている。両川岸を結ぶケーブルカーを設置し遊園地に観世音をお祀りするという案はどうかな。大井のダムは、御嶽山とたまに拝む観音様のお陰だしな」

ここでいう道路とは、今の国道二一号線である。犬山城から川を下れば、かつて筏師（いかだ）により上流から一本ずつ運ばれた木材の集積地、八百津・錦織網場跡に達する。

「観音様をお祀りするなんて信仰心のないお兄さんにしては珍しい話ね。すごいじゃーない、決まり。買って下さい」

早速、十二月末になると後に萬松園が建つ土地千三百六十坪を購入したが、この計画はその後沙汰やみになっていた。

東邦電力発足

一方、民義の政治家活動や桃介の大同電力の社長の座争い、名古屋市議会の政争の敗北の中で名古屋電燈の社内の目配りがおろそかになっていった。この頃までに名古屋電燈は、一宮電気、岐阜電気、豊橋電気などを合併し八月までに資本金四千八百四十八万円の大きな電力会社に成長していた。しかし問題は中身である。水力開発で資金が要るため高額配当をして他社が一割配当のところを二割か二割五分にして株価のつり上げを図った。

電灯、電力料金の集金もずさんで事務所も乱雑なままだった。その上に停電もしょっちゅうという有様で社内の規律もゆるみ経営危機が迫っていた。ある日桃介は、下出と善後策を話し合った。

「下出さん、我々が忙しすぎて肝心の社内への目が行き届かなくなって経営が大変です」

「申し訳ありません。私の責任です。この前、ちょっと事務所を覗きましたが、事務員が電気工事をする電気工が自転車を乗り捨てにして困るとこぼしていました。私はいつも居ないので注意できませんし。それに当面の資金繰りは何とかなりそうですが、その先が心配で」

この頃、地元伝来の実業家と外から入り込んだ名古屋財界人を網羅し隠然たる力を持つ九日会が、攻撃の矢を停電の多い名古屋電燈に向けてきた。この会の名は、毎月九日に会合を開くため付けられたもので、松坂屋の一五代目伊藤次郎左衛門祐民、名古屋の豪商、岡谷家の九代目岡谷惣助らが中心で動かしていた。伊藤は、名古屋覚王山の日泰寺東側に敷地一万坪の別荘、揚輝荘を建てたことで知られる。岡谷は、金物商「笹惣」を営みこの会社が現在の岡谷鋼機になる。

地元出身の二四代総理大臣の加藤高名は、憲政会で名古屋は憲政会の勢力が強かった。しかし桃介が千葉県下で代議士をした時は政友会で出ている。下出民義は現役の政友会衆議院議員だから名古屋電燈の経営不振に対する風当たりが強くなるのは当然だった。

「とりあえず奈良の関西水力電気と合併しましょう。名前は関西電気、向こうが存続会社で名古屋電燈は解散する。関西水力電気も単独での生き残りは難しいから乗ってくると思う」

こうして十月に名を捨てて実を取る形で合併を決めた。暫定の社長は桃介、副社長は下

出であった。その後の二人の話し合いで、
「下出さん、それで色々考えたんだが、この際、関西電気は、安っさんに頼む以外ない
と思いますがいかがですか」
「そうするより外に良い案が浮かびませんね。我々は忙しすぎますから」
安っさんとは、桃介の弟分である九州電燈鉄道常務の松永安左衛門のことである。十二
月になると社長に九州電燈鉄道社長の伊丹弥太郎を副社長には松永を据えた。伊丹はたま
に顔を見せる程度で実質的な社長は松永だった。その頃から松永は、二葉居で居住するよ
うになった。
松永は、早速事務所の整理整頓から始めて、使用済み品と新品がごっちゃになっている
倉庫もきれいにした。彼は翌十一年六月、資金難を解決するため関西電気と九州電燈鉄道
を合併、東邦電力を設立した。この二つの合併により知多電気、天竜川水力、山城水力電
気、北勢電気、愛岐電気興業、八幡水力、尾州水力などが加わり九州、近畿、東海地方の
一府十県に供給区域を広げた。東邦電力の社名は一般公募し、応募数が一万千九百あっ
た。東邦は東の邦(くに)、すなわち日本を指し、光は東方よりという意味が込められていた。
当時名古屋電燈の配線が千五百ボルトで、名古屋電燈より小規模の九州電灯が三千五百
ボルトと容量が小さい。それで配電線の昇圧を図り一気に五千ボルトに引き上げ効率を良

くした。社長、副社長は同じ顔ぶれだったが相変わらず実権は副社長の松永が握っていた。これがのちに中部電力となる。

加えて彼は、名古屋市内に火力発電所を建設、出力は三万五千キロ二基でそれまでの名古屋電燈の持つ発電容量に匹敵する能力増強を行なった。こうした努力で停電もなくなり熱心な得意先回りを続けた結果、悪い評判は次第に消えていった。

東邦電力誕生の際、関西水力電気で営業していたガス部門を切離すと共に名古屋電燈傘下にあった名古屋瓦斯（ガス）と統合し新会社を発足させた。これが東邦瓦斯（現東邦ガス）である。

東邦電力の本社をどこに置くかも問題になった。九州電燈鉄道が名古屋電燈を助けたのだから九州側は福岡へとなる。しかし名古屋財界は、地元の基幹となる会社は発祥の地の名古屋に本社が当然と言い張る。松永は、供給区域が広いことと日本一を目指すために東京の丸の内へ本社を移転し解決した。

東邦電力が誕生した同じ年の一月、桃介は貞に北恵那鉄道の話を持ち掛けた。

「東海電気鉄道は駄目になったが、小さな鉄道を中津川と恵那郡付知町の間で走らせることになった。大井にダムを作るから付知川から筏を使って流していた御料林の木材運搬ができなくなる。それでダム建設の見返りに鉄道を走らせるんだ」

「何か、上流のほうではもっと以前から水が減って御料林の木材が流せないからって、解決に苦労したんでしょ」

「そうだよ。国鉄中央線の駅と御料林を結ぶ森林鉄道を敷いてやっと発電所建設の許可を得た覚えがある。今度はそれの付知川版だよ」

「まー、何かと大変ね」

北恵那鉄道は、当初は木材運搬が目的だったが次第に苗木町、福岡村、付知町の沿線住民の貴重な足となった。しかし車の普及と陸路の発達により昭和五十三年九月に廃線となった。

三月になると第一次世界大戦後の平和を祈って東京の上野公園で平和博覧会が開かれ、川上絹布が出展した。

「兄様、ちょっと見てね。展示の模型ができたんだけど。こういう具合でどうかしら」

「大井ダム全体の模型は、確かこの前渡したな」

「えー、確かに。堤防と見せる土手の両脇に川上絹布の立て看板を建てるの。そのそばで『奴めいせん』、『奴きぬ』、『袱紗縮緬』と会社の商品名を染め抜いたのぼりを、槍持ちの町奴が振り上げているわ。

ダムの放水口を六門こさえてね、両端っこに小紋ちりめんと友禅の色物が、中の四門からは白地の織物が放水のように流れ出ているようにするの。遠くには、名古屋城が見え松や竹林があってその上を送電線が走っている。これでどうかしら」

「お前さんらしい構想だよ。よく考えたな。会社の宣伝にもなるしいいんじゃーないか」

大井発電所の建設は、蒸気ショベル、ケーブルクレーン、コンクリート用のミキサー（攪拌機）など近代的な機器が初めて使われた土木工事であった。このうち蒸気ショベルは、蒸気で動かす掘削機械で岩や土壌を持ち上げる。パナマ運河の建設で威力を発揮した代物であった。しかし工事全体の経験は乏しく難航続きで苦労が絶えなかった。加えて度々の洪水で堰堤を築造するために使う鉄製の台脚が流されたりコンクリート製の橋脚が崩壊したりした。ある日、山荘で桃介が貞に声をかけた。

「工事で色々と難儀しているようだ。一度、現場を覗いて励ましてこようか」

ダムの高さは、五十五メートル、川底で大勢の作業員が働いている様子がやっと識別できる程度だった。山側の対岸からこちらへは空中に張った鋼索を引っ張って昇降機を操作する。川の真ん中あたりの空中から昇降機で資材や工事用の機械をつり下ろす仕組みだ。

突然、桃介が工事現場の所長に切り出した。

「今からあの昇降機に乗って下の作業現場まで行って皆を励ましてくる」

「社長、それはいけません。危険です。何しろ荷物用の昇降機ですから傾く場合もあります」

「それは承知だ。今まで君からこれに関する事故の報告は届いていないな。それとも内密にしていたとか」

「とんでもありません。事故はなかったです。しかし何しろ人はですね、緊急の場合のみ技師が一度か二度は」

「そうだろう。やっぱり乗っているんだ。おーい、誰か一緒に行く奴はいないか」

同行した重役連中に呼びかけたがいずれも青い顔をして下を向いてしまった。

「私が行きます」

女の声が響いた。通常、工事現場に女性はいない。もちろんその場にいた女性は貞一人である。驚いたのは、桃介、所長をはじめとした社員一同である。

「いけません。昇降機が傾いて空中に放り出されるかも知れません。お願いです。辞めて下さい。事故があったら私の責任の取りようがありません」

建設所長があわてふためいて昇降機に乗りかかろうとする貞の前に立ちはだかった。

「大丈夫よ。私はね乗馬やオートバイで鍛えてあるから体の平均を取るのは、みなさんより自信があってよ」

「貞さん、今回は止めたほうがいいよ。これはものを運ぶ昇降機だから危険だ」

「でもあなたが乗るって言い出したんじゃーない。私は乗るって決めたんだから。あなただけを行かせるわけにはいかないわ」

暫くの沈黙が続いた後、

「所長さん、この人は一度言い出したらきかないんだ。一蓮托生、死ならばもろともさ。行こう。出して下さい」

社長の命令である。所長は渋々、操作係に目配せした。ウィーンという鈍い音が山峡にこだました。昇降機が川の真ん中向けてそろりそろりと動き出し地上の社員や地底の作業員らがかたずをのんでその動きを見守った。川の中央まで進んだ昇降機は、川底に向け五十五メートルを徐々に下降していく。十数分は経過しただろうか。ふんわりと昇降機が作業現場に着地した。その瞬間、地底からウォーンという大歓声と拍手が地上の皆にも聞こえてきた。こちらも安堵で居合わせたみんなも胸をなでおろした。

早速、桃介は居並ぶ作業員を前に、

「大変な工事で日本中が注目している。日本の産業の振興のためにも頑張ってほしい」

一同の士気を鼓舞した。桃介は改めて貞の肝っ玉の大きいのにたまげた。

山荘に帰ると、

「この前ダムの話を聞いた時に昇降機から下を覗いたらどんな景色かしらって冗談を

言ったけど。本当にそうなるとは夢にも思わなかったわ」

「どうだった、下の風景は?」

「川の流れの中でさざ波がキラキラ光って帯みたいでとてもきれいだったわ。少しも怖くなかった。みんなに喜んでもらえて良かったわね」

後日、建設所長によると空からの桃介らの現場訪問で作業員の士気があがり作業工程が早まったとの報告があった。

大正十二年九月一日の午前十一時五十八分、相模湾を震源とする地震が関東地方を襲った。マグニチュード8の関東大震災である。死者、行方不明者が十万五千人余で東京が最も被害が大きかった。この時、桃介たちは三留野の山荘にいた。前文部大臣の犬養毅も発電所の視察で同宿していた。建設工事がたけなわの発電所の被害はたいしてなかった。しかし銀行の機能が麻痺しており工事資金の手当てが危機に落ちいった。震災の翌年、大正十三年になると資金繰りの見通しが全く立たなくなってきた。

あわただしい中にもめでたい出来事があった。一月に養子、広三と養女、富司の結婚式が行なわれた。広三は、二十五歳、富司十七歳でこれにより貞の跡継ぎができたことになった。名古屋ホテルで盛大に挙式が行なわれた。披露宴も終わりの頃に桃介は浮かぬ顔で、

「さぁーさん、目出度い席でこんな話はいかんと思うが。大井の金の工面がつかない。困ったよ」

「三菱銀行でもダメなの」

「日本興業銀行、十五銀行にも頭を下げに行ったがどこも貸す余裕がないと断られた。例え借りられても金利が八％、九％とべらぼうに高い。発電所の工事は金食い虫だ。すでに一千万万円の借金をしているが工事は続けなければ大同電力はお終いだ」

「日本で難しければどこか貸してくれる国はないのかしら。アメリカやフランスはあんな立派な国だから貸すお金はあるんじゃーない」

「よく思いついたな。さすがに洋行慣れしているだけある。実はな、アメリカのサンフランシスコに事務所を持つ電気工事業の仲介をしているアンダートンが日本に来ている。ある知人が紹介してくれるから会ってみる」

アメリカで外債発行

後日、東京でアンダートンに会うとある人物の話が出た。

「ニューヨークの起債市場にディロン・リードなる新進の大物が活躍中です。今アメリカでは、第一大戦後、海外から大量の金が入ってきて資産家は投資先を探しています。それに加えて貸出金利が安くなってますよ」

新進の大物との折衝を示唆されて桃介は、書面などで連絡を取り始めた。しかしこの交渉には難題が立ちはだかっていた。一つはアメリカで排日運動が盛んになり始めていた。第一次世界大戦後の日本の帝国主義的な動きに警戒心が広がり、この年の十二月には排日移民法案が連邦議会に提出予定だった。

それに加えて今まで日本で大規模な外債の発行は例がなく逆にアメリカも日本に多額の投資をした実績もなかった。しかも外債募集は、二千五百万ドルという巨額である。しかし桃介はアメリカで資金を調達する以外に道がないため渡米し、ディロン・リードと直接に交渉する決意を固めた。

「桃介は狂っている」

誰もがそう言ってこの計画をあざ笑った。

「さぁーさん、失敗したら大同電力はつぶれる。でもこれ以外生き残る道はない。交渉がうまくいかなければ日本へは帰れないからスイスにでも住むつもりだから。そのつもりで」

「なせばなる、なさねばならぬ、何事も、ならぬは人のなさぬなり、よ。あなたは英語ができるし大丈夫よ」

桃介を励ました。かくして桃介は、大正十三年五月十三日、秘書の師尾誠治を伴い横浜港からプレジデント・グラント号でアメリカ・ニューヨークに向かった。旅行鞄には、越中ふんどし五十本、マニラロープ一本、金貨五千円を入れた。出発前に貞が、鞄を覗きながら、

「ふんどしは、猿股の替わりだから分かるけど。ロープと金貨はどうするつもり?」

「ああ、ロープはな、アメリカは高層ビルが多いから何かあった時にそのロープを使って窓から階下に降りる用意だ。それから金貨だが、路上で強盗に会ったらすぐにその金を渡す。それとアメリカは金本位制の国だろう。だから紙幣より金貨がものをいう国だ。今どうこうする当てはないが、何か役に立ちそうな六感がするから持っていく」

ニューヨーク到着は五月三十一日、ディロン・リードはロンドン出張中でその商会の実務者との交渉を続けたが、なかなか話は進展しない。大井発電所の計画やら大同電力の決算内容を説明しても、

「日本は地震国だからまた災害が起きたらどうするか」

などの疑問が出て、話し合いは膠着状態となった。

八月になってリードが英国から帰国し首脳同士の交渉が始まった。リードは部下から今までの話し合いの経過を聞き資料に目を通してから桃介との直談判で、

「宜しい。全額は難しいが取りあえず千五百万ドルの発行は引き受けましょう」

契約が成立し桃介の労苦と熱意がようやく実を結んだ。だがさらに細部の交渉で、

「外債の返済に当たっては、米国貨幣法によって一ドルの金の純分と量目とを基準にして将来、貨幣法が変わろうともこれに基づいて支払って頂くが了承されるか」

リードが切り出した。アメリカは大正八年から金本位制の国に復帰している。しかし日本は、大正六年九月、アメリカと同じく金輸出禁止を決めて以来、金解禁を行なっていなかった。これに桃介が答えて曰く、

「ああ、日本も紙幣を兌換できます。だからほら、こうして金貨を持ち歩いてますよ」

やおらポケットから二千五百円分の金貨を取り出し机の上でジャラジャラさせながら、

「おい、師尾君、君も持っているだろう。出したまえ」

師尾も桃介と半分ずつ分けた残りの金貨を机の上に並べた。リードをはじめ社員一同が珍しがって金貨を触ったり感心したりして、この演出が随分と効いた。日本では、金貨が自由に流通しているかのように思い込ませるのに成功したのだ。このころたまたま日本では運よく日本銀行で金貨と兌換する道が開かれていた。その後のニューヨーク市場での売り出しは、倍額の応募があり即日売り切れた。排日色の濃い太平洋沿岸で三百万ドルの応募と意外の人気だった。利息も七・五五％の予想が七％で決着した。

貞はこの吉報を電報で知るや得意の松を描いた南画に〝万々歳〟と書き額に入れて飾った。南画は、成木星州を二葉居に招き学んでおりなかなかの腕前である。号は、「香葉」であった。成木は、田能村直入に南画を師事し後半生を名古屋で過ごした画家である。

外債発行が実行できた時に桃介が、一夕、アメリカの政財界の名士を招いてお礼の宴席を設けた。冒頭、彼が切り出した演説の一部である。

「アメリカは、今や世界最大の富強を誇っておられます。連邦準備銀行の金の保有額は、百二十億ドルに及ぶと承ります。その工業は、広汎な国土と極めて豊富な天然資源を擁して世界に覇を称えられることは、誠に慶賀のいたりと存じます。

しかし、アメリカは黄金の毒素によって今にローマのように衰亡する道を歩いているのではあるまいか。そのアメリカから金の毒を僅かながら取り出してやろうとする私は、実はアメリカから感謝されてもいいはずであります」

師尾の私記によれば彼の用意した草案を無視して即席でこうぶった。金を借りておいて何を生意気なことをと誤解されるような内容だった。しかしアメリカ人には、機知に富んだしゃれた言い回しが受ける。桃介の真意を理解してこの挨拶にやんやの喝采が鳴りやまなかった。この後、続けて結びの言葉として、

「アメリカから金毒を僅かに取り出して感謝されてもよいと思う私は、この次、更に喜

ばれることをしに参ります。この次は、アメリカに金を貸しに参ります」

と言って傍らに座っているモルガン財閥系列会社代表のラモントに大見得をきった。

「ラモントさん、福澤の言ったことを覚えておいて下さいよ」

この夜の列席者には、主客のディロン・リード夫妻のほか二十七代大統領のウイリアム・タフト、五大財閥の一つ、モルガン傘下のモルガン商会代表のトーマス・ラモント、ゼネラル・エレクトリック(GE)社会長のオーウェン・ヤングなどそうそうたる人物が顔を揃えていた。これらの人々を前にして桃介は英語で演説をこなし満場をうならせた。桃介いなくば、アメリカにおける外債発行は成功しなかった一幕である。ちなみに桃介の座右銘は、「自力更生」であった。翌年には利率六%で千三百五十万ドルの追加起債にも成功した。


関東大震災は、名古屋に居を構える下出民義にも重大な影響を与えた。東京・永田町に住む次男隼吉(じゅんきち)宅、長男義雄の経営する神田の下出書店が全焼したのである。下出書店は、大正四年に東京商業高等学校専攻科(現一橋大学)を卒業した義雄が設立した。社会科学系の書籍を大正十年から十一年にかけて三十四冊出版したが、震災で全焼し休業となった。

三十四冊の中には、新生会叢書第一編『ニウトンからアインシュタインまで』ベンジャ

ミン・ハーロー著、岡邦雄訳など十一編が含まれる。簡単に売れる書物はなく損失続きだった。見舞いがてら上京した下出は、

「もう、赤字続きの本屋なんぞ辞めるべきだ」

と言って義雄を名古屋に戻した。それまでに義雄を木曽川電力支配人、大同電気製鋼取締役につけていたが、同年四月には親子で東邦商業学校を名古屋市東区千種町に設立しており名古屋に根付く根拠となった。東邦商業（現東邦高等学校）は、親子の考えにより生まれた。

（我々は今まで色んな会社の経営に携わってきたが、まじめに実直に働く人材の養成が急務であると常々思っていた。だから学校の綱領として〝真面目〟を選んだのもそのためである）

と二人は述懐している。初代校長は名古屋市議会の政争で渦中にあった大喜多寅之助、二代目は下出義雄である。下出は、昭和の初めから十年にかけ名古屋株式取引所理事長や大同電気製鋼所（後の大同特殊鋼）の四代目社長のほか久保田製作所（現新東工業）、鈴木バイオリン、大日本セロファンなどの社長に就任した。更に終戦までに大同機械製作所（現大同マシナリー）、名古屋造船（後にＩＨＩに吸収合併）を設立している。

下出は、昭和十四年一月、大同工業教育財団の理事長に就任、四月から企業内学校の大

同工業学校を発足させている。十三年四月から施行の国家総動員法による企業内学校設立の勧めに影響されてできたもの。私的な心情から作った東邦学園とは肌合いが異なるが、ここから今日の大同大学、大同高等学校が生まれている。

さて川上絹布のその後だが、在庫の輸出ものがさばけず赤字が年々増えていった。しかたなく名古屋市中区住吉町の店舗を借りて販売部を設け元名古屋ホテル勤務の女性が販売部門を担当した。国内向けに小紋縮緬、友禅のほかにオーデコロン、一個百円の石鹸、ヘア・ピン、ネットなどを輸入し収入増につなげようとしたが成功せず結局、大正十三年に廃業となった。

貞は、工場の女子従業員の処遇に関し桃介に、

「辞めてもらうのは心苦しいけれど、一人立ちできるように精一杯のことはしたつもり。病気や過労で退社した子はいなかったし。これから家庭に入っても外で働くにせよ、お花、茶道など習い事がきっと役に立つと思うわ。経営者としては私は失格だったけど」

「まあ、いいさ。事業を興すなんてそんない甘いものじゃないさ。しかし海の向こうで見てきた幸せな女性の生き方に挑戦したんだから。他人に迷惑をかけず廃業できたからこれで十分だと思うよ」

児童劇振興に尽力

さてアメリカでの外債発行成功で大井発電所建設のめどがつき、川上絹布の経営からも手が離れた。そこで貞は、いよいよ念願だった演劇回帰の道を探る。九月になるとかつてのお伽芝居の協力者である久留島武彦を二葉居に招いて川上児童劇園の設立について相談した。児童演劇は、明治時代のお伽芝居から大正に入り童話劇と呼ばれるようになった。新しい児童劇団がいくつか生まれ大正九年には水谷八重子と夏川静江によるメーテルリンク作の『青い鳥』が有楽座で上演された。チルチル、ミチルの兄妹が青い鳥を探しに出るお話で理想的な児童劇として好評だった。

「久留島さん、あなたも知っての通り帝国座を守る、お伽芝居を広める、女優の養成を音二郎に約束しているの。結局、帝国座は守れなかったけど。これから子供の楽劇団で頑張ろうと」

「子供たちの情操教育のためにも専門劇団は是非とも必要です。坪内逍遥が児童劇運動を精力的に進めていますが、残念なことに児童文化を理解しない風潮が強いんですよ。今月、岡田良平文部大臣が学校劇禁止令を出しました。何かしなければと思っていました。あなたが乗り出せば百人力です。協力させて頂きます」

快諾してくれた。早速、少年、少女の募集にかかり名古屋、岐阜、千葉から八名の応募があり十二月に川上児童楽劇園を設立し東京・青山南町五丁目の仮教場で音楽の練習が始まった。園長は、貞、相談役が久留島で演目の選択で助言を受けたり演技指導もしてもらうことになる。その一方で世田谷区二子玉川に本格的な養成所の建設も始めていた。

大正十三年十一月、わが国初めてのダム式発電所がついに完成した。工費一九五二万円、延べ作業員百四十六万人をかけ出力四万二千九百キロワット、総貯水量二千九百四十トンの一大人造湖が出現した。しかし、関東大震災の後には、関東方面で電力需要が激減し、電力業界の前途の悲観的な見方からわざわざ工期を遅らせるなどして工費が増えるなどの苦労があった。

大井のダムは、太古より木曽谷の水を集め流れきた激流が熱となり光となって産業を興すのを助けた。また人々の生活を潤すことにもなった。桃介の瞼にはあの源流になる鉢盛山の中腹にあるワサビ沢の深い緑と木立がほうふつとした。このダムの上流十キロ周辺に恵那峡が生まれた。春は桜、秋は紅葉の景勝の地で今も観光客が多く訪れる。これに先立ち木曽川の筏流しは、前年の大正十二年に廃止となっていた。完成式の披露宴で桃介は、感慨深そうに貞に語りかけた。

「さぁーさん、やっとこれで一息つける。我ながらよくぞここまでやってこれたものだと思う。何もかもあんたの協力のお陰だよ。発電所の礎石の言葉もお願いした通りうまくいったし」

「いいえ、私はただ付いて回るだけ。兄さんの執念よ。特にアメリカの外債発行はほかの誰もができない大仕事。それを見事に成し遂げたんだから言うことなしよ」

「木曽谷の発電所も最初の賤母から始まって大桑、須原、桃山、読書と続きこの大井、最後の落合発電所が二年後に完成するからこれ一区切りだな」

桃介はこれらの発電所が完成すると礎石に記すため東西のしかるべき人物に言葉や写真を求めた。

大井の場合は、福澤諭吉の「独立自尊」と桃介の「普明照世間」の碑。あまねく世の中を明るく照らすの意である。フランスの第三共和政第四〇代首相のジョルジュ・クレマーソンは大桑に「余は、日本の見事なる精力に対して真実なる嘆美者なり」。米国の発明王のトーマス・エジソンは、落合に「発展してやまざる日本の事業と技術に対し、最高の尊敬と賞賛を捧ぐ」と寄せた。このほかイタリアの無線通信の発明で知られるグリエルモ・マルコーニは、桃山に英国で失業保険制度など社会改良政策の推進で知られたロイド・ジョージは、須原にそれぞれ言葉を寄せた。日本人では、読書に山縣有朋が賤母には西園寺公望が記念の辞を贈った。

「発電所の礎石のことだけど、エジソンまでが祝福してくれて感激だわ。それと私のほうだけどね。二子玉川に建設中の楽劇園の教場も来年にはできるからそうすると二葉居の使命は終わることになるわね。名古屋から引き揚げましょうよ」

「そうだな、だから東京の永田町に自分用の別邸を作ろうかと考えているんだ」

「いつ、できるの」

「来年の五月を考えている。名前は桃水荘でどうかな」

隣は尾上梅幸の屋敷で後に国会議事堂が建てられることになる丘の真下にあった。

「いいんじゃーない。それでこちらの話だけど、二子玉川の楽劇園の養成所にするあたりはね、周囲が桃の木ばかりなの。園の圓賞は桃にして三階建てのドームの正面に飾る計画だわ。園長室には不動尊をお祀りするわ」

二子玉川に新築した建物が完成した大正十四年には、園生が三十名になった。園生が胸につける記章は葉付の桃であった。ある日、貞は、幾人かの園生を連れて谷中にある音二郎の銅像を訪れた。

「この銅像はね、亡くなった夫なの。新派を盛んにするために色々と頑張った人なのよ。私はね、夫が亡くなる前に児童劇で頑張ると約束したから二子玉川の養成所のことを報告しに来たの」

この年の三月、治安維持法、五月に普通選挙法が成立した。治安維持法は、逮捕状を裁判官でなく検事が出せる、予防拘禁と言って刑期を終えて釈放される者を無制限に監禁できる、弁護士が選べないなどの悪法で昭和中頃から始まる暗い時代を予兆していた。

川上児童楽劇園は、十二月十六日、十七日に名古屋の御園座で最初の公演を行なった。翌大正十五年は、一月に帝国劇場で第一回の公演をした。出し物は、『桃太郎』、『鶴亀』などで六月に再び帝劇公演、十月にまた御園座で『浮かれ呼吸』を演じた。十二月には昭和と改元になった。四月には桃介が、大倉喜八郎の退任に伴い帝国劇場の会長になっている。明治四十年の同劇場設立時に義兄の福澤捨次郎が発起人の一人であったため株主として参加していた。桃介は、六月には東京海上ビルで脳貧血で倒れるものの八月には回復している。

明くる昭和二年の冒頭、貞は久留島に年度の公演計画を説明した。

「二月に青山会館でブラスバンド『空色の菫』、四月、御園座第三回公演『夢』、『釣鐘草』、七月帝劇第三回公演『鏡』ほかで秋からは岐阜、京都、大阪、山陰などの地方巡業。これでいいかしら」

「はい、宜しいと思います。管弦楽団のほうも総勢三十名を超えて中身も立派なものです。ただ、これからの運営ですが、これまでのようにずっと真っすぐに進んでいくことが大事と思いますが」

久留島は、少し前に貞が、港区の赤坂溝池にある演伎座の跡地を買うらしいという噂を聞いていた。演伎座は、新国劇で人気のあった劇場でその前は市村座といった。貞が、園生の成人後を考えて一般大衆向けの芝居をする意向をくみ取った。それで敢えて児童劇一本でと念を押したつもりだが、

「まあー、そうね、真っすぐにね」

あまり気のない返事だったから余計に疑念が膨らむのであった。楽劇園は、半年ごとに帝劇で新作を発表し、そのあと、各地を巡業することにしていた。その頃、園員は、ボーイスカウト、ガールスカウトにならった集団生活をしていた。従って服装や帽子もそれらに準じた制服を着用していた。

七月公演の頃は、各地から公演依頼が相次いで楽劇園創立以来の活況を呈し絶頂期といってよかった。園の賛助後援者には、田中義一、浜口雄幸、後藤新平、犬養毅、若槻礼次郎、金子賢太郎らのほか学校劇を禁止した岡田良平も入っていた。

その頃、体調のよくなかった桃介は、昭和二年七月、腎臓摘出の手術を受けた。この頃から貞は、二子玉川から桃水荘へと移り、桃介の看病をしながら公演活動を続けていた。

桃水荘は、福澤の本宅とは目と鼻の先にあり次男辰三の長女である孫の福澤直美が良く出

入りし貞にもなついていた。昭和三年六月、川上児童楽劇園は、帝劇で第四回公演を行なうが、舞台がはねた後、桃水荘を訪れた貞に桃介は打ち明けた。

「さぁーさん、体の具合がどうも今一つだ。会社経営には自信が持てないので実業界から足を洗おうかと思っているんだが」

「そうね、お医者さんの見立てでは、その後の腎臓の状態もよくないというし、私はそうしたほうが安心だから大賛成よ。もう十分、経世済民は尽くしたんじゃーない」

「そうか、ではそうしようか。大同電力の後任は副社長の増田次郎君という適任者がいることだし。明日にでも引退声明を発表しよう」

当時、五大電力といえば、大同電力をはじめとし東京電燈、東邦電力、宇治川電気、日本電力で、大同は矢作水力を傘下に持ち最大の発電能力を誇り、桃介は〝日本の電力王〟と呼ばれていた。桃介は、六十歳にして大同電力、天竜川電力、北恵那鉄道、豊国セメントなど各会社の社長を辞した。矢作水力については副社長をしていた長男の駒吉を社長に昇格させた。

桃介は、大正十五年三月に天竜川本流の開発をするため天竜川電力を設立、社長に就任していた。この会社は、二か所の水力発電所を作った。大正十五年と言えば、揖斐川電気（現イビデン）が東邦電力の傘下に入った年でもある。『財界の鬼才』で桃介の生涯を書いた宮寺敏雄は、大正四年に名古屋電燈入社。昭和九年大同電力取締役を経て、十七年に揖斐川電気工業の社長に就任している。矢作水力は、昭和六年十一月に天竜川電力を八年六月には白山水力をそれぞれ吸収合併、最終的には水力発電所二十か所、火力発電所一か所を持つ規模まで成長した。

貞は、昭和三年の秋に桃介に話があるともちかけた。

「あのね、以前鵜沼に土地を買いましたよね。そのままになっているけど」

「そうだな、観音様の話だな。それがどうかしたのかな」

「あそこに別荘を建てたいの。木曽川が目の前だし、春は桜、秋は紅葉と心と体を休めるのに最適の場所だわ」

「ああ、いいだろう、どうせほっておいても仕方がないし」

「名前は茅ヶ崎の別荘と同じ萬松園にするわよ」

こうして昭和四年四月からこの別荘の建築が始まった。敷地は、千五百坪、建坪百五十坪、鉄瓦で葺かれた数寄屋風の建物、洋風の応接間、萱葺き(かや)民家風の建物などが連なっている。一部二階建てで二十五室ほどあり亭内に表門、木曽川に面した茶室、母屋などがあり母屋の広間には成木星州の木曽山水の障壁画がある。

(ここを足場になにかしたいという腹案があるけど、今は誰にも言わないでおきましょ

う）

この別荘は、後に貞が貞照寺を建築する時の見回りや完成後は参詣した折に滞在した。昭和九年十一月、桃介は体調の良いのを確かめ貞照寺を訪れ暫く萬松園で静養した。その後暫くは、彼が遠出をする機会はなかった。萬松園には、「川上貞」と書かれた二つの表札が残っている。裏には、ともに「昭和九年十一月福澤桃介」と桃介が揮毫している。

貞は、同じ頃に『海彦山彦』、『鳩のお使い』などの演目のほかオーケストラ、ダンス付きで国内各地を回った。さらに満州や旅順など海外にも出かけた。

十月になると世界大恐慌が始まった。後に〝暗黒の木曜日〟と呼ばれる二十四日、ニューヨーク株式市場で株が大暴落し世界に波及した。アメリカは、その後四年間不況に苦しみ昭和七年までに株価が九割、実質国内総生産（ＧＤＰ）が三割下がった。日本でも都市部で倒産が相次ぎ就職難の若者と失業者が目立った。

こうした日本経済の沈滞する中、児童楽劇園の活動も徐々に衰えていくのである。その原因のひとつは、久留島の別離である。演伎座を買収したことが分かると、

「貞さん、私はやっぱり、児童劇一本の真っすぐな道でないとついていけません」

顧問を辞退し独自の道を選んだのである。貞が桃水荘に住んで桃介の介護に手が回り、楽劇園の訓練や公演に顔を出す機会が次第に減った。これに伴い昭和五年頃から活動が切

れ切れになり七年に閉園した。貞の心境は、複雑だった。五度までも企てた洋行でもう一度一座を立て直す計画は最後まで実を結ばなかった。その後音二郎との約束ごとの児童劇の発展に尽力したが桃介の体調不良もあり途中で手放した格好に終わった。

（悔しい、無念だわ。五度も計画した洋行が叶わなかったし。どうしても外国での見聞をもう一度したかったのに。でも、私なりにやるだけのことは、したつもり。これで演劇の世界から足を洗うことになるけど。何事もいつかは終わりが来るんだからこれが区切りで悔いはないわ）

心に決め肩の荷が下りホッと一息をついた。

昭和六年九月十八日、中華民国奉天（現瀋陽）郊外の柳条湖で関東軍が南満州鉄道の線路を爆破しこれを契機に満州全土を占領する満州事変が起きた。昭和二十年まで続く十五年戦争の始まりである。戦争は天から降ってきたり地から湧いてくるものではない。人々が油断しているうちに政府、権力者が自分の思いのために世の中を動かした結果なのである。

桃介は満州事変の後に側近たちに、

「日本を滅ぼすものは、日本の陸軍だ。お前達はそうは思うまい。満州事変という大きな成果をあげたじゃないかと云うだろう。あれは陸軍の打ったバクチが当たっただけだ。

いつもそういうわけにはゆかないぞ。今に日本が滅びるから見てろ」

世界情勢をこう見ていた。さらに、

「今度の戦争では、三井、三菱は陸軍とコンビを免れて助かった。日産と陸軍はコンビになって、日産の株主はかわいそうなものだ。鮎川の奴は馬鹿だなあ」

とも言った。満州国が建国されたのは昭和七年。現地には、大日本帝国政府により明治三十九年十一月、特殊会社の南満州鐵道が設立されており鉄道のほか炭鉱、ホテル、製鉄、港湾、電力供給、農林牧畜、航空会社など多様な事業を展開していた。

♪
東より　光は来る　光を載せて
東亜の上に　使ひす我等　我等が使命……
♪

これは満鉄の社歌である。

建国を機に南満州鐵道が経済力を一手に握ることを懸念した関東軍が鮎川義介に新会社を設立し満州全土の鉱業から各種の産業を手掛けるように協力を求めた。鮎川は、日本鉱業（現ＪＸホールディングス）、日立製作所、日産重工業（現日産自動車）らを傘下に持つ日産コンツェルン（企業合同体）の総師。この申し出に応じ出資先の日本産業を満州に移転させこれを母体に満州重工業開発株式会社が昭和十二年に発足した。

資本金総額は、四億五千万円でうち満州国政府の持ち株は半分、残りは旧日本産業を含む一般の持ち株であった。桃介は、幻の国、傀儡国家満州国の先行きを予見し先のような言を発したもので、けだし卓見である。

貞照寺

昭和六年春のある日、桃水荘で貞が桃介に持ち掛けた。

「あのね、聞いて下さいね。お寺を作ろうと思っているんだけど」

「お寺を？　門外漢が寺を作るのは簡単じゃーないと聞いているが。何か当てでも？」

「新しく作るのは難しいから考えていたんだけど。いい話があったの。八王子の小宮村に休全寺という廃寺があるの。それを買収してね、ほら、いつか遊園地を作るとか言ってた鵜沼よ、あそこに改名した新しい寺を建てたらどうかしら」

「なるほどね。色々考えたんだろうね。お寺をね。反対する理由はないな。あの土地もあのまま遊ばせておいても仕方ないしな」

貞照寺（中部産業遺産研究会提供）

「私も今年で六十歳でしょ。九州の川上家とは折り合いが悪いままだし。ついの住処をと思うようになったの。幼いころから不動明王に助けられているでしょ。だからご本尊には、成田山さんの新勝寺と同じ不動尊をお祀りして。私の墓もその裏にね」

と一気に話し、

「実はね、今まで私の胸の中にしまっておいた話ですけど。萬松園を作る時に考えたの。もしか将来お寺さんを創建する際は、あそこが足場になって何かと便利だなーって」

「へぇー、そこまで考えていたのか」

「お金もかかるし出来るかどうかも分からないから言えなかって御免なさい」

「いいだろう。金が必要になったら二葉居の一部でも大同電気製鋼所（後の大同特殊鋼）に

奥が貞奴の墓（中部産業遺産研究会提供）

買ってもらえばいいさ」

その後暫くしてからの二人の会話である。

「休全寺の買収はうまくいったわ。寺の名は、金剛山桃山院貞照寺、金子賢太郎さんがつけてくれたわ。山門に金字で彫って扁額を掲げてくれるって。それと名古屋に宮大工で有名な十代目伊藤平左衛門がいるでしょ。この人に本堂、鐘楼、仁王門などを頼もうかしら」

「いいだろう。よしっ、私が縁起館、つまりさぁーさんの貴重品を入れる宝物館を寄贈しよう。校倉造でやろう。この設計は、会社で桃山、読書、大井などの発電所の設計をしてくれた佐藤四郎君に頼もう」

「まー、うれしいわ」

「この際、なんでも了承だよ。もうないかい」

「はい、ありませんが」

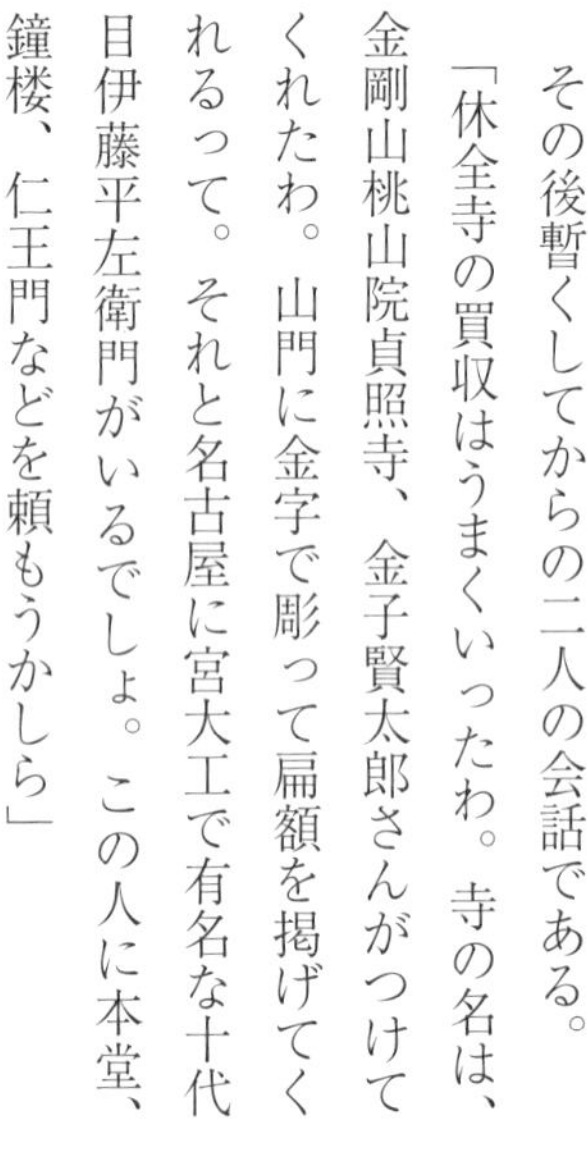

「じゃー、私から提案が一つ。本堂本尊の不動尊の彫刻だがね。仏師の小川半次郎に頼もうか。真戒和上の紹介だよ。南木曽の山荘の近くに民家を移築して仕事場を提供するつもりで手配中だが、先方も承知している」

桃介もこの寺の建立には全面的に協力している。

「まー、手早いこと、感謝感激だわ。彫刻の話が出たついで言っておきます」

「ああ、この前ちらっと聞いた不動尊に助けてもらった霊験絵図のことだろう」

「そうよ。本堂の外側回廊に浮き彫りにした八面の絵図を羽目板ではめ込もうと思っているの。第一面は、井戸端で養母可免の病を治すための水垢離、第二面は、野犬に襲われ兄さまと初対面となった場面。

第三面は、十九歳の時、箱根山中の宵闇のなかで無頼の者に囲まれましたがある僧侶に助けられた図。第四面は、馬術大会に出て幌がひっかかったが無傷を感謝している姿。第五面は、短艇で神戸に向かう際、相模湾を漂い下田に漂着したところ。第六面は、同じく航海中に三重・鳥羽沖でアシカの大群に囲まれながら難を逃れるため舳先で両手で拝んでいます。

第七面は、アメリカ行きの旅費を俥に置き忘れたのが無事に戻った神戸での追憶。最後の八面は、大井ダム現場で不動尊に完成を祈っている私の頭の上に不動尊の後光がさしているの」

小川半次郎にとってこの不動尊は、五十体目の作品になる。貞が、初対面の日に、

「これが記念の五十体目になります。節目ですな。区切りですよ」

半次郎が目をしょぼつかせながらボソッとつぶやいた。

「区切りって？」

「まあ、そのうちに……」

言葉を濁して辞していった老仏師の後ろ姿が印象的だった。

貞照寺建立の背景には、歌舞伎俳優市川宗家の成田山不動尊に対する深い結びつきに対する憧れがあった。

こうして過ぎた昭和七年五月十五日、首相犬養毅が満蒙問題の解決と国家改造を唱える陸軍将校に首相官邸で射殺された。議会政治の終焉である。翌昭和八年一月、ドイツではヒトラーが首相になった。この年に満州国を認めないとして日本は国際連盟から脱退した。九年にドイツでは、大統領と首相を一つにする立法ができヒトラーはナチ党の総裁になり「大統領緊急令」や「全権委任法」を盾に独裁体制を確立させた。ナチス・ドイツが六百万人のユダヤ系住民を殺したホロコーストの悲劇がここから始まる。日本でも「もの言えば唇寒し」の風潮が徐々に近づいていた。

終章 別れ

建設中の桃介橋（長野県・南木曽町提供）

昭和七年の年末である。桃介が貞にもちかけた。

「さぁーさんなー、もう一つの腎臓も結核菌に冒されていてどうも体がいまいちなんだよ」

貞もこうした桃介の体の具合は百も承知で心配していた。このまま桃水荘に住み続け何かあった時は世間体もあってまずいのではないかと。桃介のほうも渋谷の本宅に帰るべき頃合いだと思い、一方貞のほうは、返す時期が来たのだと考え始めていた。二人の阿吽の呼吸があった。

「さぁーさん、十二月末にここで最後の忘年会をやろう。年初めに渋谷に帰ろうと思うが」

「はい、私もそれがいいと思っていました」

招待客の人選では、尾上菊五郎、中村吉右衛門、尾上梅幸、市川羽左衛門、市川中車、松竹の大谷竹次郎らのほか政財界の親しい者が選ばれた。この席で貞は、余興として『猩々』を踊って見せ、やんやの喝采を浴びた。この日に備え名古屋の西川流家元・西川石松の特訓を受けていたことは桃介以外は知らなかった。

年が明けいよいよ桃介が渋谷に帰る朝がきた。

貞は昨夜よく眠れず朝ごはんもいつものようにはすすまなかった。車寄せにパッカードが来ると、様々な思い出が走馬灯のようにかけめぐる。成田山の帰りの野犬に襲われたこと、大井ダムの谷底へ昇降機で降り立った一件などなど。万感胸に迫るものがある。

座席の彼に手を添えてそっとつぶやいた。

「元気でね、私を忘れないでね」

うなじに桃介の唇が触れた。無言で下を向き貞の手をぎゅっと握りしめ大粒の涙で手の甲を濡らすばかりだった。

「あまり酒を飲むなよ」

「さようなら」

貞も涙で目の前がかすんで泣きながらそう言うだけであとの言葉が続かず、気が付いた時に車は視界から消えていた。

桃介は本宅の別棟で暮らし、富司の祖母岩崎みつのほか五人の女中とコック一人が日常生活を支えた。房がここへ行き来することは最後までなかった。

昭和八年十月二十八日、大本山成田山新勝寺本堂を模した貞照寺本堂で入仏式が行なわれた。本堂の玉垣には、中村歌右衛門、尾上梅幸、市村羽左衛門、中村吉右衛門、松本幸四郎、守田勘弥、市川猿之助、花柳章太郎など歌舞伎、新派の俳優の名が並んだ。この式に桃介は、体調が優れず出ることはできなかった。貞は、広三と富司の子、四歳になる稚児姿の初子の手を引いて稚児行列の先頭に立った。

本尊の不動王を彫った小川半次郎のその後だが、仏体を本堂に納めた後、紀伊の山中にある大きな滝にうたれる修行に向かった。ところが坐っていた岩から滝つぼにころげ落ちおぼれ死んだ。誤って転落したのか入水したのかは、分らずじまいだった。

「節目、区切りは、これだったんだわ」

貞は、あの時のどこか宙を見つめていた半次郎の痩身に思いをはせ西に向かって手を合わせた。

さて二葉御殿のその後である。大正十五年から桃介と貞は、活動の場を東京に移し二葉御殿は、広三、冨司夫妻らが住んでいた。昭和十二年になり敷地が分散して売りに出されその一部六百四十八坪（二千百四十平方メートル）を当時の大同電気製鋼所常務の川崎舎恒三が買い取った。売主は貞である。その後この土地を大同特殊鋼が昭和三十二年に買い取り平成八年まで社員クラブ「二葉荘」として使用していた。

平成十二年に建物が名古屋市に寄付され五年の歳月をかけて東区橦木町に移築復元された。元の二葉御殿からは、徒歩で十数分の距離である。平成十七年二月九日、この建物は国の文化財として登録され「名古屋市旧川上貞奴邸」として一般公開している。

悠々との機縁

桃介は、昭和八年八月十日、「東京日日新聞」(現毎日新聞)の朝刊を手にした。

「何で今頃、防空大演習なんだ。どこかと戦争でもする気なのか」

いぶかる桃介の目に、

〝暗黒と沈黙の厳守!凄愴=灯火管制の帝都〟

との記事が目に入ってきた。陸軍が前日に行なった大規模な防空演習の模様を説明した内容だった。別な記事では、

「灯火管制などを行なわなくとも発電所、変電所のスイッチをひねればよい」

と批判もしていた。しかし翌日には、前日の論調を打ち消す二段見出しの社説を載せた。陸軍省報道部から横やりが入り前の日の記事を取り消したのだ。

夕刊のトップ記事では、〝関東大防空演習第二日　攻防、秘策を盡してけふ空中戦の精華〟なる記事を載せた。当時の大新聞は、陸軍省の干渉から「東京日々」を除いては防空演習を報道しなかった。地方紙では北海道新聞が防空演習に関する小さな記事を掲載しただけだった。これに対して信濃毎日新聞(信毎)は、十日から連日のように報道し十一日には二面に〝関東防空大演習を嗤う〟の記事を載せた。これを書いた不屈の言論人、桐生悠々と桃介が後日、つながりができるとは思いもよらなかったが。

ここで先に陸軍の防空大演習を批判した桐生悠々に触れよう。彼は、太平洋戦争前、暴走する軍部に徹底的に抵抗し続けた言論人で、明治六年に金沢市高岡町に生まれた。第四高等学校を経て東京法科大学政治学科（現東大法学部）卒業し新聞記者となる。大阪毎日、東京朝日、信濃毎日、新愛知の各新聞社に身を置きながら満州事変後の厳しいファシズムの流れの中で〝社会の木鐸〟〝無冠の帝王〟という新聞記者の原点を貫いた傑出した言論人であった。

昭和三年一月、悠々は信濃毎日主筆に迎えられた。五月には治安維持法改悪案に反対を唱えている。ところで悠々が昭和八年に東京の防空大演習について二面の「評論」としてはった論調は、

「敵機が東京の空に現れる状態は既に敗北を意味し演習をする意味は薄い。そういう事態は、むしろ敵に対して和を求むべき時期と認識すべし」

であった。言わんとすることは、

「日本の領土に敵機を入れる前に撃退する工夫をせよ」

陸軍に対する忠告であった。しかし、これは軍部を怒らせ軍部の圧力で信毎退社に追い込まれた。

昭和八年十二月、悠々は、三十余年の新聞記者生活に区切りをつけて長野から名古屋市

郊外の東春日井郡守山町廿軒家（現名古屋市守山区廿軒家）の旧宅に戻ってきた。六十一歳、十一人の子供を抱え悲惨な生活苦と軍部との闘いが続く。

昭和十一年二月二十六日、陸軍の皇道派に属する若手将校らが政府要人を暗殺した政府に対する反乱事件を起した。約千四百名で首相官邸、警察庁などを占拠し元総理大臣の高橋是清などを暗殺した。天皇の名をかたり悪い政治をする奴らは許せないと武力をもって決起したが、その天皇により反乱部隊として数日中に鎮圧された。当時、陸軍は、皇道派とこれに対して合法的に政府に圧力をかけ自分たちの要求を実現させようとする統制派に分かれていた。この二・二六事件では、統制派を中心とする軍部により、皇道派は一掃された。この結果、東条英機を中心とする集団が力をつけ後の太平洋戦争と国家統制経済の道に進んで行くことになる。

翌十二年七月七日、関東軍が中国で一方的に溝橋事件を引き起こした。両国ともに宣戦布告なしの戦いで支那事変いわゆる日中戦争の始まりである。これ以降、日本は中国本土における泥沼の戦いから東南アジアに戦線を広げ日米開戦、終戦と悲劇的な終局を迎えるのである。

桃介は、昭和九年の夏にかつての経営者仲間のKが名古屋から上京し『他山の石』なる雑誌の購読を勧められた。Kによれば、

「悠々は、家族の生活を守るために名古屋読書会を組織し昭和九年六月一日に『名古屋読書会第一回報告』を刊行しています。月に二回この報告書を出し海外の政治、経済、思想、文化などに関する新本の要約紹介をしてこの売り上げを生活の糧にしてるんです。その年の十二月二十日の『名古屋読書会第一五報告書』から『他山の石』と改めてます。欧米の思想を他山の石にして欲しいという願いからだと聞いてます」

「そうですか、それで会費とかはどうなっているんかな」

「会員制を取ってますね。毎月三円で維持会員、一円で普通会員とし、青年および労働者は毎月五十銭です」

「要するにそれで一部五十銭の小型の定期刊行誌が月に二回読める訳ですな」

「その通り、この間大きさを測ったら横が十三センチ、縦が十九センチ、毎号三十ページ前後のページたてで、まあ、パンフレットというかすぐに読み終える小冊子ですよ」

「そうですか、君からもらって読ませてもらったが『あの関東防空大演習を嗤う』はたいしたものだね。俺が東京日日を読んだ時には今頃何をやっているんだぐらいしか感じなかったからなー。実に骨のある人だと分かったよ。大した人物だ。よし、会員になるよ。安っさんにも紹介しよう。大同電力の増田社長にも宜しくと伝えておきますよ。みんなで応援しようじゃーありませんか」

桃介の胸には、大井のダムに関連した長距離送電線で触れたダイヤモンド創刊者の石山に対するような一種の義侠心がむらむらと湧いてきた。これに加えて軍部の中国大陸における暴走から将来の電力施設の国有化が透けて見えて、悠々の反戦思想に共鳴していった。

当時、言論機関は、内務省と陸軍省の監督という二重の監視下に置かれていた。悠々は昭和十年二月一日発行の第三号から「緩急車」という時事問題の論評欄を設けた。これまでの外書の翻訳や紹介に加えて政治、時事問題を縦横に論じる欄を設けたもので『他山の石』の声価が大きく上がった。ちなみに「緩急車」欄は、悠々が新愛知（現中日新聞）時代に紙上で使い人気を集めた経緯がある。それを治安当局が見逃すはずはない。

十年三月五日発行の第五号のコラム欄「緩急車」欄に掲載した「廣田外相の平和保障」が反戦宣伝を煽動するとして発行禁止になった。十年三月五日の第五号から十三年十月二十日の二十号までに二十五回の発禁を受けている。年に二十四回発行するから三年七か月で計算すると約三〇％の割合で差し止めになった勘定だ。悠々は、これにも屈せず支那事変などに対する批判を続けたが、十三年十一月二十日号からはゲラ刷りの事前検閲を受けざるを得なかった。

『他山の石』の会員読者数は、三百名から四百五十名を推移していたが、名古屋周辺の財界人、知識人のほか東京、大阪、長野、金沢、新潟、台湾、当時の中国、満州にも読者がいた。軍人の中にも購読者がいたことは注目される。会員は政治家で尾崎行雄、小阪順造、芦田均、風見章、永井柳太郎、浜田國松、植原悦二郎などのほかに財界人、知識人として福澤桃介、松永安左衛門、勝沼清蔵、徳田秋声、石黒修、岩波茂雄、野溝勝、丹羽秀伯、風間礼助、武藤嘉門、林安繁、安宅弥吉、小倉正恒、小幡西吉ら支援者の名前がある。

悠々は、すでに昭和十年五月二十日発行号の「第二の世界戦争」で、

「第二の世界戦争は、第一の戦争より著しく残酷で、非人道的で非戦闘員を含め絶望的戦争である。また、この戦争によって将来は戦われ得ないことを、少なくとも戦われてはならないことを、人類が最も痛切に感ずる時期が来るだろう」

と予測している。

『他山の石』は、昭和十年と十一年六月五日にそれぞれ一週年、二周年記念号を出している。この記念号のページ数はいつもの倍くらいで広告が付いており連名の名刺広告に十年は兼松熈、矢田績、下出民義、下出義雄、松永安左衛門、大喜多寅之助の六名が名前を出している。十一年は、兼松が個人名で名刺広告を出し他の五名が連名で名を連ねている。

昭和十年一月五日から十五年まで十四年を除き毎年、正月に新年特別号を出している。これらの新年号の「謹賀新年」広告に個人、連名を含め下出義雄が七回、兼松、矢田、下出民義、松永、大喜多は各四回、藍川清成が二回名刺広告を出している。このほか企業広告として大同電力が四回、東邦電力が二回、矢作水力が一回出稿している。

昭和十年十月五日号では、八月に合併したばかりの名古屋鐵道が「名岐愛電合併後の名古屋鐵道陣容」として藍川社長、神野金之助副社長らの新体制を誌上で披露している。十三年七月二十日号には、「発展を祈る」として大同電力が企業広告をうっている。大同電力は、翌十四年四月に解散させられた。これは後に述べる日本発送電株式会社に発電所、変電所、送電施設を出資という形で提供し強制的に接収されたのである。

十五年新年号には、広告が少なくなった中で「祈奮闘」として兼松凞と東邦電力が出稿している。兼松はこの時、豊田式織機の社長だった。桃介グループの個人、企業の長い間にわたる『他山の石』に対する支援ぶりが伺われる。

さて悠々は、第二次世界大戦の起こることを早くから憂えていた。また太平洋戦争が始まる十六年正月号では、

「速に日支事件を終局せしめよ。中略……更にアメリカと事を構ふるのは無謀の極みである」

とも警告している。夏の頃に喉頭ガンに冒されていた悠々の元へ愛知県当局から『他山の石』の廃刊勧告書が届いた。正に刀折れ矢尽きた心境であった。病魔に冒され余命いくばくもないと悟った悠々は、八月二十日号をもって最終号とした。彼は廃刊の辞を書いたのち九月十日、帰らぬ人となった。通夜の席には愛知県特高課から『他山の石廃刊の辞』を発行禁止する命令が霊前につきつけられた。十二日に自宅で行なわれた仏式による葬儀は憲兵、警察官が弔問客をいちいち調べる有様だった。

桃介死す

桃介は早くから軍部の独走を非難し統制経済になる恐れを予感していたが、彼が最後に興した矢作製鉄創立前に残した書簡からこれが伺える。矢作製鉄の創立総会は、昭和十二年十二月二十八日。本社は名古屋市東区東片端で旧二葉居からは歩いて十分位の所である。十四年六月一日に桃介が開発した矢作水力から電力の供給を受けて火力電力より安く製鉄業を開始した。原料は、大同製鋼系列会社の矢作工業（後の東亜合成化学工業）の硫酸製造過程で発生する硫酸滓（硫酸焼鉱）、これに含まれる鉄分を利用して製鉄するものである。桃介は、これに先立つ昭和十年に増田次郎以下の大同電力幹部宛の書簡で次のように述べている。

「老生塾考スルニ鉄道ノ運命ト同ジク水力ハ国有トナリ電気供給業ハ県又ハ市ノ管理ニ移ルナルラン其時ハ現在ノ儘ニ於イテハ大同ノ従業員ハ鉄道国有ノ時ノ轍ヲ踏ムにアラサルカ、サレハ今日ヨリ大同ハ各種ノ製造業ヲ経営シ置カハ電力国有ニナリケル暁ニテモ従業員ハ是等製造業ニ職ヲ得テ安堵スルコトヲ得ヘシ」

電力の国有化を見通している。

桃介は、矢作製鉄、矢作工業（現東亜合成）、大同電力、大同電気製鋼など新会社を次々に作っていったが、国家権力による基幹事業の国有化に備えて大同グループの社員の生き残り策を考えていたことが分る。

昭和十三年二月の始めに渋谷の桃介の病床に妹の翠子が見舞いに訪れた。その日は兄妹の母・サダの命日であった。仏壇には福澤家の位牌がなく岩崎家父母のもののみが置かれていた。翠子が別れ際に桃介は、

「日本と支那と事変を続けているが、今にこれは大戦争になるよ。そうして物は高くなるし、金持ちはひどい目に会う時代がきっとやってくる。ヒットラーは今大変盛んなようだが、今にきっと衰亡する。ああいうような偉い人は、人のいうことをきかないから駄目だよ」

そう言った。悠々といい桃介にせよ鋭い慧眼の持主である。昭和十三年二月十五日の午後七時四十分、桃介は、七十歳を前に鬼籍に入った。そばにいたのは孫娘の福澤直美だけだった。

「貞ばあちゃん？　直美。今、おじいちゃまが変なの。息をしていないみたいよ」

貞は、直美からの電話に絶句しながらも、

「房おばあちゃんはどこ？」

「きのうから別荘です」

これだけを聞くと初めて本宅に飛んで行った。

皆がうろたえて貞にどうしたらいいか聞いてきた。先ず医師、それから菩提寺への連絡、通夜、葬式の手配を執事、女中たちにてきぱきと指示した。喪服のない小間使いには、翌日、三越百貨店から取り寄せるように教えた。房が戻るころには、最低限の手配は終わり貞の姿は見えなかった。

後日、盛大に行なわれた葬儀に貞は、参列できなかった。だが桃介の亡きがらに「さよなら」と言えたことがせめてもの幸せと心にいいきかせる貞であった。

昭和十五年十一月、下出民義が代表発起人となって、名古屋市千種区の覚王山の日泰寺に「福澤桃介君追悼碑」が建てられた。境内左側、納骨堂へ続く石畳み横に大同電力、東邦電力、名古屋鐵道、大同製鋼、矢作水力の五社の協賛で建立された。

覚王山日泰寺は、お釈迦様の遺骨を祀っているわが国唯一の寺である。この遺骨は、明治三十一年にインドで発見され、タイ王国（当時のシャム）に寄贈された遺骨の一部が同寺奉安塔に安置されている。

日泰寺は、国内の仏教各宗派がこの遺骨を共同で奉安するための寺として、明治三十七年に建立した。このためこの寺は、どの宗派にも属さない寺院として、十九宗派の管長が輪番制で三年間ずつ住職を務めている。

その後桃介の碑は、昭和三十四年九月に日泰寺北東、姫ヶ池通りにある同寺舎利殿と奉安塔敷地内へ移設された。移築先の入口を過ぎるとすぐ右側に、長方形の石塔が目に入る。

表には、「福澤桃介先生の碑護持記念」とある。裏面には、「昭和三十四年九月移築」の文字下に次の八社の社名が彫られている。

中部電力、名古屋鉄道、関西電力、大同製鋼、矢作製鉄、揖斐川（いびがわ）電気工業、東亜合成化学工業、東海電極製造。

記念碑に関していえば、現在、大井ダム湖を見下ろす高台にあるさざなみ公園には、桃介の立像とその右隣に貞奴の石碑があり、その功を讃えている。

平成二十一年一月、「正調名古屋甚句を拡める会」を主宰する華房直子が、貞奴波乱の人生を甚句として作詞、作曲した。後日貞照寺の墓前にこのことを報告し、旧川上貞奴邸でお披露目もした。

昭和十三年一月の第七十三回帝国議会、第一次近衛内閣は、国家総動員法とともに電力国家統制法案提出した。電力国家統制法案は三つの法案からなっていたが、このうち電力管理法案と日本発送電株式会社法案が重要だった。管理法は、電力会社、都府県などが持つ発電所に加え他の民間会社が持つ自家発電所までを事実上、国家管理の日本発送電に管理、運営を委ねようとするもので、国家総動員法とともに三月二十六日に成立し四月一日施行となった。これにより太平洋戦争直前の昭和十六年八月、配電統制令が公布され五大電力をはじめすべての電力事業者が解散した。

満州事変、五・一五、二・二六事件以降、力を増してきた東条英機らを中心とする統制派の軍人が勢力を伸ばした。彼らは自由主義経済を否定し、国家による統制経済を目論む企画院、内務省、逓信省らの官僚と結託し、太平洋戦争の下地を仕上げたのである。

電力管理法案には、電力業界は当然反対したが、中でも東邦電力の松永安左衛門の舌鋒は厳しかった。昭和十二年一月、長崎市で開かれた長崎市、長崎商工会議所共催の「新興産業と中小企業」なる座談会において述べた言葉が問題となった。

「産業の振興はみなさんの発奮と努力が第一です。官庁の力に頼るなどは、もってのほかです。官吏は人間の屑だ。官庁に頼る考えを改めない限り、日本の発展は望めません」

「人間のクズ」

これほど侮辱された言葉を居並ぶ国、県、市の関係者は、聴いたことがなかった。身震いしながら一斉に席をたち退出した。内務省、逓信省らの官僚は「天皇の官僚」を錦の御旗にしていた。そうした役人に対して「人間のクズ」と言ったからさあ大変である。この発言に軍部、官僚は黙ってはいない。企画院総裁の鈴木貞一の助言により引退を余儀なくされたのである。松永は桃介に劣らない硬骨の男子であった。

その後貞は、姪の小山ツルとツルが養女に迎えた兄の子、玉起と共に河田町に住んでいた。一月、五月、九月のお不動様の縁日にあたる二十八日には貞照寺に詣でその前後、萬松園に滞在した。昭和十八年十月、貞は、桃水荘を売り新宿の牛込河田町に居を移した。

十九年、東京空襲の色合いが濃くなってきたため鵜沼の別荘へ疎開した。二十年四月には、河田町の屋敷が空襲で全焼した。萬松園は、二十年十二月、横浜在住の横山秀の手にわたり別荘として使われた。昭和三十一年八月には愛知県知多郡阿久比町植大で起業した都築（つづき）紡績の所有となり平成十六年まで同社の保養所だった。この会社は、都築良平の父が明治四十一年に阿久比で織布業を起こしてできた。その後良平が、十大紡績会社に次ぐ新紡と呼ばれる綿紡績会社の大手に育て上げ鵜沼にも工場を持っていた。世界に拠点を作ったり不動産事業にも進出したが経営不振となり倒産した。

平成十六年九月に総合写真館、結婚式場を経営する株式会社創寫館（愛知県知多市八幡荒古後）のオーナー、森田滿夫、節子夫妻が都築紡績からこれを買い取った。買収直前には、担保に取っている銀行から京都府・天の橋立てにある古建築愛好家のところへ解体、移築される寸前だった。

これを知った森田夫妻が、貞照寺と一体になって保存することこそ価値があることに気づき貴重な文化財が生き残ったいきさつがある。都築紡績は、萬松園の近くにあった元繊維業者所有の「後藤別荘」も所有していたが、これも森田夫妻が買って隣接地に結婚式場として使用している。現在、萬松園は公開されている。

貞は、終戦後は熱海の上宿上信仲田の別荘でツル、玉起と暮らしていたが昭和二十一年十二月七日、肝臓ガンのため永眠した。享年七十五、遺骨は、三回忌に寺院裏手の岩をくり抜いた納骨堂に納められている。外側には、貞の干支である石像の羊二頭と弥勒菩薩の立像が、ひっそりと眠る貞を守っている。墓石の蓋や境内のあちこちに桃の装飾が施されており貞の思いが偲ばれる。

あとがき

私たち一家九人は、昭和十八年の夏、名古屋市熱田区から岐阜県恵那郡苗木町並松（現中津川市苗木区）へ疎開しました。私は、国民学校の一年生でした。父が並松の高台に開拓民として入植したためで、終戦まで荒野での厳しい生活が続きました。もっとも名古屋の自宅は、太平洋戦争の名古屋空襲で跡形もなく焼かれており、父の賢明な判断に感謝しています。当時、何か用事があれば北恵那鉄道の並松駅から乗車し、終点の中津川の街まで出かけることが常でした。戦後間もなく愛知県知多郡八幡町（知多市）に移住し横須賀高校（横校）へ通いました。その後、車社会の発達で北恵那鉄道は昭和五十三年に廃線となり、廃線式典に長女の成子をつれて参観した覚えがあります。

平成十三年四月から愛知東邦大学に奉職することになりましたが、大学地域創造研究所内に設けられた「中部産業史研究会」で学ぶうちに、福澤桃介の木曽川開発にかける情熱とこれに関連する北恵那鉄道を桃介が創立したこと、さらに勤務先の東邦学園の創設者下出民義が桃介の無二の朋友であることを知りました。

この小説執筆の終わり頃に貞照寺、萬照園を訪問し、同園を都築紡績から買収した創寫館の森田満男、節子オーナーにお会いしました。その際創寫館の本社が、知多市八幡荒古で私の実家のすぐそばにあること、森田夫妻と社長をしている子息も横高出身と分かりました。都築紡績の都築良平社長には、昭和四十年代に取材で何度かお会いしており同社の鵜沼工場や当時、最新鋭だった島根・出雲工場を見学したことがあります。

最終章では、桃介グループが桐生悠々を支援していることを明らかにしました。その悠々の住んでいた守山の自宅が私の家から歩いて五分ほどの所にあります。そこは、現在末裔が住んでおられますが、今まで述べてきたような数々の偶然に驚いています。

さて川上貞奴ですが、これまで〝花街の女性〟として斜めにとらえられてきたきらいがあります。しかし欧米、東欧、ロシアなどの見聞で女性のあり方に目覚め、帰国後は新派、児童劇の振興と女優の育成に心血を注いだ一徹さにうたれました。音二郎亡き後の桃介との出会いですが、木曽川開発事業を進めるうえで桃介の執念と貞奴の一徹さ、この両者の接点をどうやって見出すか考え抜きました。

満州事変が起きた頃の時代によく似てきたといわれる昨今ですが、明治、大正、昭和の三代にわたり世界を翔けめぐった二人の生きざまから今の時代を撃つ作品が生まれるようにとの願いを込め、筆を走らせました。

参考文献は、大西理平著『福澤桃介翁伝』、宮寺敏雄著『財界の鬼才』、山口玲子著『女

優貞奴』、川上音二郎・貞奴著『自伝　音二郎・貞奴』、レズリー・ダウナー著　木村英明訳『マダム貞奴』、桐生悠々著『他山の石』全巻、貞奴フォーラム機関誌『香葉』創刊号・平成二十五年一月などです。

写真提供をお願いした南木曽町産業観光課・高橋良樹、関西電力東海支社広報担当・武山唯司、大同特殊鋼広報課・鈴木星友、福岡市博物館学芸課・野島義敬、貞照寺住職宮本照剛の諸氏にお礼申し上げます。桃介が株で儲けた金額の現在値換算では、元三菱東京UFJ銀行員の浅尾克己さんに、また貞奴に関する資料やその他文献探しでは元愛知東邦大学図書館員の黒柳好子さん、城山晶子さんや中部産業遺産研究会顧問の寺澤安正さんに助けて頂きました。最後に花伝社の平田勝社長、編集担当の水野宏信さんにお世話になりました。誌上を借りて感謝の意を述べます。

平成二十九年一月吉日

名古屋市守山区の寓居にて

安保邦彦（あぼ・くにひこ）
1936年、名古屋市生まれ
南山大学文学部独文学科研究課程修了
名古屋市立大学大学院経済学研究科修士課程修了
大阪大学大学院国際公共政策研究科博士後期課程修了
国際公共政策博士
元日刊工業新聞編集委員
元愛知東邦大学経営学部教授
元名古屋大学先端技術共同研究センター客員教授
愛知東邦大学地域創造研究所顧問

主な著書
『中部の産業――構造変化と起業家たち』（清文堂出版）
起業家物語『創業一代』『根性一代』（どちらもにっかん書房）など多数。

二人の天馬――電力王桃介と女優貞奴

2017年1月25日　　初版第1刷発行

著者 ―――安保邦彦
発行者 ――平田　勝
発行 ―――花伝社
発売 ―――共栄書房
〒101-0065　東京都千代田区西神田2-5-11出版輸送ビル2F
電話　　　03-3263-3813
FAX　　　03-3239-8272
E-mail　　kadensha@muf.biglobe.ne.jp
URL　　　http://kadensha.net
振替 ―――00140-6-59661
装幀 ―――生沼伸子
印刷・製本―中央精版印刷株式会社

ISBN978-4-7634-0801-3 C0021